俳句を愛するならば

「ホトトギス」名誉主宰
稲畑汀子
Inahata Teiko

NHK出版

はじめに

稲畑汀子

私が「NHK俳壇」「NHK俳句」を始め、さまざまな俳句の番組に出演し勉強させていただいて、もう随分歳月が経った。それらを纏《まと》めて出版した本は何冊かある（『NHK俳壇の本　俳句十二か月〜自然とともに生きる俳句〜』『NHK俳句　花鳥諷詠、そして未来』）。それももう随分前のことになるであろうか。

その後、「選句と句会について、長年の経験とお考えをお書きください」とのご依頼をあらためて頂き、「NHK俳句」に二年間連載させていただいた。ホトトギスや、朝日新聞の「朝日俳壇」、そして数々の俳句大会などで体験させていただいた「選」と「句会」を振り返るこの連載は、選の大切さを再認識する機会となった。俳誌「ホトトギス」の主宰として勉強してきたことも含めて、幼い頃から親しんで作ってきた俳句についてここで再び振り返る機会を頂いたことは私にとって何と至福のことであろうか。そして、八十八歳の米寿を迎えたことを機に、連載をご依頼いただいたNHK出版で上梓していただくことになった。こんなに嬉《うれ》しいことはない。

振り返って八十八年、何といっても私の貧しい詩嚢《しのう》が枯渇しそうになっていることに気がついたのだが遅かった。しかし、書いてきたものは、間違いなく私のものである。加えて、まだまだ俳句を手放す気持ちはない。まだ勉強していかなければならないことがたくさんあることを知っている。

さしあたって、このたび、上梓するこの一冊のお蔭《かげ》で、これまで書き残してきた文章を繙《ひもと》いて、また一から俳句を勉強しようと思う気持ちになっているのは何故であろうかと考えている。

私はこの一冊を繙き、興味を持ってくださる読者と一緒に俳句を再び勉強しようと思う。『俳句を愛するならば』という題は、甘いかもしれない。でも私は誰彼に、この題をもって語りかけていき「それは自然を良く知ることが大事ですよ」と言い、『俳句を愛するならば』「自然を大切にしなければならないのですよ」と答えていかなければならないと思う。

祖父・高浜虚子《たかはまきょし》は声を荒らげて怒る姿をほとんど見せたことがなかった。そのような祖父が怒ったことがあった。幼い私はその剣幕に思わず泣きだしたのである。その後、私が平静になった時、虚子は、私の側に来て、「ご機嫌は直りましたか?」とにこにこ笑っている。祖父に「ごめんなさい」と謝った。どんなことで叱《しか》られたか、今思い出せないのが残念であるが、たいしたことではなかったのに怒られたことが心外だったことだけが記憶に残っている。その虚子は「選は創作である」と説いた。本書には、虚子やホトトギスの俳人たちが句会や選に臨む姿や、その俳句道場で私が学んできた道場訓についても綴《つづ》らせていただいた。俳句を学ぶ楽しさを知っていただけるのではないかと考えている。

そして本書には、「ホトトギス」誌で書いてきた俳論「俳句随想」が収載された。私は「ホトトギス」を父・年尾《としお》亡き後に主宰として継ぐという大それたことに踏み切ったが、この「俳句随想」はそのような自分をしっかりと鍛え、勉強していくために書き続けた稿である。自分に問いかけ、自分の勉強になるために書いてきたという自負がある。再びこの著で読み返す機会を頂いた事を半分恐れつつ有難く、私の勉強の糧としたい。

この書を繙いてくださる読者の皆様に心から感謝申し上げ、このたび、私に勉強の場をくださったＮＨＫ出版の皆様に感謝を捧げる。

目次

本書は、「NHK俳句」テキスト（NHK出版）連載の、稲畑汀子「選句という大事」「句会の力」（二〇一五年四月号〜二〇一七年三月号）、「ホトトギス」（ホトトギス社刊）連載「俳句随想」（二〇〇一年一月号〜二〇一七年十二月号）を元に、新たに著者インタビューを加え、加筆・再編集して構成しています。引用句の表記は、文献によって異なる場合があり、また適宜、新かなでふりがなを付しています。

1章 選句という大事

投句のための自選から、選者としての選句まで、
俳句にはさまざまな選があります。
長年にわたり、膨大な数の選をしてきた稲畑汀子先生も、
折にふれて選の大切さを実感してきました。
選をする側、される側、双方の心構えから、
投句の際の心がけまで、選句という立場から
お話ししていただきます。

汀子選の現場。おそらく史上最も選句数の多い俳人と考えられる。芦屋の書斎にて。

私の選の原点、虚子《きょし》の選

俳句の世界はどこまで許容されていくのであろうか。俳句の約束ごとを守りさえすれば誰もが俳人になれると世間では思われている。それはまさにその通りと言いたいが、これから私は私の人生を深く掘り下げて、自分の辿《たど》ってきた俳句の道を、「選句」という観点で考えてみたいと思う。私は毎月何万という数の俳句を見て、選ぶ俳句からさまざまなことを学ぶことのできる至福の立場にある。それは私にとって大きな財産となっている。

俳句は季題を詠《よ》む詩であるが、五七五・十七音によって表現する短い詩

型は、何を言いたいか、作者の心を読者に伝えるためには非常に不便な表現方法とも言える。短い詩型を破って長々と表現した前衛俳句と称する人々もいるが、何のための俳句なのか、それらはただ短詩と称しておけばいいのであって、私は俳句として受け入れてはいない。

俳句は座の文芸であると言われている。俳人は何人か寄ると俳句会をする。それには全員が出句して選句をする。中心になる師がその座を捌《さば》いていき、師の作品も同等に選ばれていく。師だから、生徒だからという区別はなく、同じ俎上《そじょう》で俳句を見て佳《よ》い句を選ぶ。

昔、宗匠《そうしょう》俳句というのがあって、宗匠は俳句を作らないで下々の弟子《でし》の俳句を選ぶだけであったと聞いた。今でもあるのかもしれない。

私が初めて俳句を作ったのは十歳の頃であったか。父に連れられてよく吟行会《ぎんこうかい》のあった京都へ行ったのが始めだった気がする。大勢の大人に交じって作った俳句が、誰かの選に入って大きな声で返事をするのが面白かった。

〈清水《きよみず》の塔のきはより桜散る〉と作ったら、小学校の教師であった今西一《いまにしいち》条子《じょうし》さんが〈……散る桜〉にした方が俳句らしいですよと言うのでそうしたら、たくさん選に入った。

戦争で我が家が焼失し、私は家族から離れて兵庫県宝塚市の小林《おばやし》聖心女子学院の寄宿舎で四年間過ごした。そこでは修道院のような厳しい規律を守らなければならなかった。「沈黙」「従順」はもちろんのこと、廊下を走ってはいけない、目上の方の荷物は持って差し上げる、その他もろもろ、今の若い人々にはとても通用しないであろうものであった。沈黙を守らねばならない寄宿舎のスタディールームで、私はずっと俳句を作り続け、長野県の小諸《こもろ》へ疎開していた祖父・高浜虚子《たかはまきょし》の許《もと》にそれを送っていた。祖父は必ず私の俳句を見て丸を入れて送り返してくれた。検閲の印が入った返信に、私がたくさん作った俳句の一つか二つに丸が入って返ってくる。虚子の選は赤鉛筆で丸が入るだけであった。その内、いくらたくさん送ってもたくさん丸は入らないならば、自分で選んで送ってみようと思い、自分の俳句を自選することを覚えた。そして自選した俳句には虚子選の赤丸がたくさん入るようになってきた。今から思うと、自選の大切さをこの時自覚したと思う。

自選には自分が大きく入ってくる。初めの内は客観的な自選が難しかった。自分の好みがあってそれに片寄ってしまうと、虚子選の赤丸が入ってこないことが続いた。

「虚子嫌い！　意地悪！　なぜよ！」と心で叫ぶ声を抑えて、なぜだろうと思う心が沈潜してくると、何かが見えてきた。自分の興味だけだった一句の「独りよがり」「自分独りの興味が他人に通じないもどかしさ」「表現方法の拙《つたな》さ」、いろいろ見えてきた。虚子は句稿の端に「お母さんの手伝いをして、雑巾《ぞうきん》掛けをして手を濡《ぬ》らし、家へ帰ったときにはいろいろ家のことを勉強し手伝うこと。」と赤鉛筆で書き添えていた。俳句には相変わらず赤丸が入るだけであった。俳句の根本は人間を磨くことかもしれなかった。修道院の厳しさ、虚子の厳しさと優しさ。私の人間形成の根本はそこにあるのかもしれない。

父・年尾《としお》の選

終戦間際、我が家が空襲のため焼けたのは、広島に原子爆弾が投下された昭和二十年八月六日の未明であった。やがて終戦の報が天皇陛下の玉音放送によって伝えられた八月十五日、その時の私は十四歳の女学校三年生。訳が分からないまま、疎開先に預けられた三弟妹は抱き合って泣いた。

兵庫県・和田山《わだやま》の疎開先には他に三家族が世話になっていた。**〈四家族十六人の餅《もち》を搗《つ》く〉**、その家の主、古屋敷香葎《こやしきこうせん》さんの俳句である。このお宅は醤油《しょうゆ》製造業で「古紫」という美味しいお醤油を戦時中も作り続けてい

た。製造する蔵と生活する家が続いているので、いつも醤油の匂いが漂う中での生活であった。

我々年尾一家が世話になっていたお礼を兼ねて、戦後、虚子をはじめとする俳句の一行が和田山を訪れ、ホトトギスの俳人たちを招いて句会が開かれた。**〈稲刈りし後の田圃《たんぼ》の広さかな〉**という私の俳句はその時、虚子選に入ったものである。この家の門前は田圃が広がり、その会の時、稲刈りが済んだばかりであった。

この家の主婦・春江さんの口癖は「さんこにして居りまして！」であった。これは、「散らかして居りまして」という意味で、来た客にそう言うことで「ようこそ！」という表現と同じ挨拶《あいさつ》と知った。特別な客ということで、我々も美味しい白米のご飯を茶碗《ちゃわん》に山盛り入れていただいたことが懐かしい。虚子一行は和田山からホトトギスの俳人・京極《きょうごく》杞陽《きよう》さんのお住まいの豊岡へ旅を続けた。山盛りの白米のご飯は、その後は大勢の家族のためのお雑炊《ぞうすい》に替わったことも忘れられない。

世の中に平穏な日々が戻ってきた。私は学校の寄宿舎に戻り、焼け跡に建てられたささやかな我が家は俳句の家となり、毎月句会が開催された。私は句会のある日だけは、寄宿舎から帰って来て出席した。関西の著名な俳人が出席したこの会で、私は選句の厳しさを学んでいった。

　父・年尾は折りにふれて私に「善意の選をするように」と言いながら、「選が甘いのはよくない」とも言った。座の文芸である俳句の「選句という大事」はその後、私の胸の何処《どこ》かにいつも生き続けていった。年尾の選は、虚子が言った「客観写生」を守り、「選は善意の選であること」と言いながらも厳しい選句だったように覚えている。

　年尾は丁寧に選を行っていた。必ず俳句の横に、赤鉛筆で書き込みがあった。「それまで」「言い過ぎ」「つまらない」「ことば足らず」など、丁寧に書き込んであった。また、年尾は芦屋《あしや》の家と東京の仕事部屋を、仕事の都合に合わせて行き来し、月に一日ずつ芦屋と東京で面会日を設け、希望者に対し直接俳句を見て指導にあたっていたのを思い出す。中には出勤前の時間をやりくりして来られる方もあった。直接指導を希望するという九州、四国など、遠くからの方もあった。

私は虚子や年尾の俳句の旅にいつも参加した。そこで私は多くのことを学び、今から考えると珠玉の日々であった。それは、今の私の俳句の人生には欠かすことのできない経緯であり、今の私の作句と指導の指針ともなっている。

俳句は有季定型であること。しからざるものは俳句ではないから選考外とする。一句の中で季題が生きていて季節感豊かな俳句であること、平明にして余韻の深い俳句であること。こうしたことに、私は何よりも重きを置いている。季題を通して表現するのが俳句の固有の方法である事を知って欲しい。虚子や年尾の教えを受ける中で私は、平明とは分かりやすいことであり、余韻が深いとは一句の背景に見えてくるもの、想像されるものが大きく深いことであると知った。

飛び込んでくる俳句

私は現在、大勢の方々の投句を拝見することのできる、恵まれた選者の一人である。創刊千四百号という、長い歴史を綴《つづ》って来た俳誌「ホトトギス」の主宰を引き受けて、四十年近い歳月が経った。今は名誉主宰という立場になったが、私は「ホトトギス」の中で募集している俳句を毎月拝見して選句をしている。今は「天地有情《てんちゆうじょう》」という欄を担当している。その他、新聞の「朝日俳壇」「信濃《しなの》毎日俳壇」、雑誌「ロータリーの友」の「ロータリー俳壇」の選者に、私が会長を務めている日本伝統俳句協会の機関誌

「花鳥諷詠《かちょうふうえい》」の募集句の隔月の選者。さらに年に一度のさまざまな大会の選者もお引き受けしていて、限界を感じながらも、さまざまな俳句を拝見できる機会に恵まれていることを楽しみ、感謝している。しかし人間の能力にはおのずと限界があるのだから、限りなくたくさんの投句を、選者は一体どのようにして目を通すのだろうかと、疑問を持っておられる方も多いと思う。私自身も不思議になることがあるが、必死に見て選んでいるとしか答えようがない。ただ、中には選者のもとに送られてくる前に、第一次選考で目ぼしい句に印がつけられ、選者が選びやすい形となっていることもある。

それでも数が厖大《ぼうだい》の場合は大変である。一体どのようにしてたくさんの中から名句を選びだすのであろうかと、投句者の方々も知りたいことであろう。

人間の能力の限界と私は言ったが、人間の能力の中に「直感」というのがある。これは大変な能力であって、磨けば磨くほどよく働いてくれるのではないかと私は思っている。磨くというより、たくさん経験を積むことで、直感が強く働くようになるのかもしれない。よい俳句は選者の目に飛び込んでくる。あるいは、選者の心に飛び込んでくる。そしてよい俳句はどんなにたくさんの句の中にあっても、選者の目には、いや選者の心にはきっと飛び込んでくるのだと思う。

自分の一句に自信があったのに、選に入らなかった人の中には、「選者はちゃんと見ているのか？　ちゃんと選んでいるのか？」と疑問を持つ人がいるが、その一句はそれほどいい句ではなかったのだろう。でも、入らないからと落ち込んでしまうことはない。たった十七音、されど十七音である。さっぱりと執着を捨てて、自分の心に自信のあったその一句を見直してみてはどうだろうか。案外、執着がさらっと消えて、なぜ入らなかったかということが段々見えてくる。言いすぎだったこと、ひとりよがりだったこと、この一句は絶対に選者が取るという自信がありすぎたこと。そしてそれほど執着があったのだったら、しばらく手をつけずにその句を大事にとって置いてみてはいかがであろうか。句帳の中でその一句が違った光彩を放ち始めたらしめたものである。でもどのように言葉を選んでも、根本的に駄目な一句であることもある。そのような一句は思い切って捨ててしまってはいかがであろう。私の長い俳句人生で、どれほどたくさんの執着を捨てて来たか、もう思い出せないほどだが、捨てて来た句は古い句帳に残されている。たまに古い句帳を繙《ひもと》いて見たときに、昔、祖父・虚子に送って見てもらった時のことが思い出される。

自信があったのに選ばれなかった一句は、今ではなるほどと分かる。「虚子はこの句を見落としたのではないだろうか」とさえ思った私の執着した句も、今ではなぜ丸が入らなかったかが分かる。時間とは魔法使いのようだ。俳人として成長していくときには、その心の葛藤《かっとう》といつも闘っていかなければならないのを私は知った。簡単に捨てるのではなく、執着していた一句がなぜ入らなかったのだろうかと、それを考えることも大切である。俳句は人の成長の助けにもなっているのかもしれない。

思わず取りたくなる俳句

「この俳句、何か見たことがある」。たくさんの句稿を見ているとき、必ず出てくる名句がある。名句ではあるが、それはもう使い古された表現で調子がよく、いかにもな名句なのだ。例えば、「何事もなかりし如《ごと》く……」。このあとの下五《しもご》にはどんな季題を持ってきても名句になることに気がついた。しかし、この「何事もなかりし如く……」という表現を噛《か》みくだいてみると、そこには複雑な事情の何事かがあって、それらを包含して胸に収め、「何事もなかりし如く……」という表現に繋《つな》がったのである。その背

景をこの一言の表現で収めて簡単に述べるのは、中々上手《うま》い叙法ではあるが、もう一つ内容が伝わってこない。それを、季題に上手に語らせることで名句が生まれるのであるが、短い詩である俳句の下五の季題だけを次々変えることで、一句が安易に生まれるのはいかがなものであるかと、私はそのような俳句は選ばないことにしている。「何事もなかりし如く」、この表現を使った最初の作者は誰なのであろうか。それはもう過去の記憶の中に埋もれてしまっているのであろうか。俳句は短い詩である。季題を詠む詩である。言葉では表現していない余韻の中に、作者の本意を汲《く》み取り、作者と同じ感動を味わうことができるのが名句なのであろう。

善意の選をするようにと、私は父・年尾から教えられた。作者の真意、作者の持つ感動を共有できた時に、私は思わずその俳句に丸を入れる。表現の感性、ものの見方が百人百様である俳句は、できるだけ選者も作者と同じ視線、同じ気持ちになって選んでいかなければならないのである。

厖大な数の俳句から、限られた数の入選句に絞り込んでいく中で、斬新《ざんしん》な表現、新鮮な内容などには心から惹《ひ》かれることがあるが、調子のよすぎる俳句は何度か見直すことにしている。俳句にテクニックをうまく使って選者の目を引きつける術《すべ》を心得ている作者もいるが、長年選者をしてきた者にはその事実も見抜いてしまうことができると思う。

取りたくなる俳句は案外ありふれた素材が多いのではないだろうか。例えば、私たちのまわりに存在する自然である。日本の自然は素晴らしい。謙虚な心で自然に対すれば、自然はいつも何かを教えてくれるのである。

自然を詠んだ名句として、後藤夜半《ごとうやはん》の〈**瀧《たき》の上に水現れて落ちにけり**〉がある。虚子が絶賛したこの句は大阪の箕面《みのお》の滝を詠んだもので、ここに句碑となって残されている。

この句について面白い話がある。「ホトトギス」創刊六百号（一九四六年）の祝賀会前後であったたか、関西の祝賀行事の一つに、白鳥丸という船を借り切って琵琶湖《びわこ》を一周し、講演会、俳句会が船中で催された時のことである。講演に立たれた小説家の吉屋信子《よしやのぶこ》さんが彼女独特の高い美しい声で、「皆様、関西の有名なホトトギス同人の後藤夜半さんの俳句に『瀧の上に水現れて落ちにけり』というのがございますね。本当に素晴らしい写生の極意の俳句だと思います。しかし、小説家の私でしたら『瀧の上に人現れて落ちにけり』と致しますね」と言って皆を笑わせ、そのことは今でも語り継がれている。

　吉屋信子さんはその時、芦屋の我が家にも来られて、私がまだ小林聖心女子学院の寄宿生だと知ると、少女小説を書いていた彼女は、私に寄宿生活についていろいろな質問をした。戦争が激しくなった頃、鎌倉の虚子を訪ねて弟子入りされ、数々の俳句を「ホトトギス」に残された。〈**浮浪児の嘗《な》めて離さず甘茶杓《あまちゃしゃく》**〉〈**浮浪児の俄《にわ》かにはしやぐ花吹雪《はなふぶき》**〉が昭和二十二年八月号の「ホトトギス」の巻頭を飾ったことも懐かしい。小説家である吉屋信子さんらしい、見事な写生の句であった。

自然の不思議と言葉の余韻

「え？　あんな俳句のどこがいいの？」これは選句後の入選句の中に、自分の俳句が見つからなかった時、ある人が思わず呟《つぶや》いた言葉である。募集句の選の結果は投句した人の期待が大きい。「わあ！　この俳句、素晴らしい。私の応募した俳句が入選しなくても仕方がないなあ」これは自分の投句した俳句に自信はあったのだが、それ以上の素晴らしい俳句が入選したのを見た人が、思わず口にした言葉である。あなたはどちらであろうか。もちろん、どちらでもなく、ただ淡々と結果をうべなっている人がほとん

どだと思うが、結果を見たときの人の心の動きは次の作品に大きく結びついていく。

「あんな俳句」と思った人は、結果だけが気になる人だと思う。それに反して、入選した句を佳しとうべなった人は、次は自分ももっとしっかり自然を見て発見して心を寄せ、人が見つけなかったことを見つける感性を磨こうとする。自然はさまざまな姿を持っている。見ようとする人、知りたいと思う人には必ず見せてくれるし、教えてくれる。受け取る側の心次第に、自然は姿を変えていく。

虚子の句に〈**紅梅の紅《こう》の通へる幹《みき》ならん**〉という名句がある。美しい紅い花は、春の訪れを告げ、今まで眠っていた心を呼び覚ます彩りである。この紅い花が咲くのは、この幹を通って紅い色が花に通っているからに違いないと、作者は思ったのである。作者は花の紅色を見てそのように思ったのであるが、この句を見て、それでは本当はどうなのだろうと知りたくなった人がいる。紅梅の枝を剪《き》ってみた。するとその幹には紅い部分が輪のように入っていて、実際に紅が通っていたのである。梅の木は剪定《せんてい》をしても、また新しい枝（すわえ）を伸ばしてくる。白梅はその紅色の輪がなく、幹の中は真っ白であった。そのように剪ってみなくても、俳人・虚子は紅が通うであろうと予知したのである。

草や木には命があり、それぞれ不思議な力を持っている。色の不思議、姿の不思議。そして地球のどこかで人間と関わりあって生きている。それらが地球の四季の推移の中でさまざまな変化をしたり、絶えたり、誕生したりして、その中で我々は俳句を作っている。

自然を知れば知るほど、その精緻《せいち》な素晴らしさに圧倒される。貧しい言葉では語り尽くせない自然をいかに語るか、試みるたび言葉が何と貧しいことかと思い知らされる。

もうだいぶ前のことになるが、私はある人に誘われて、恒例の大阪造幣局の桜の通り抜けにお伺いしたことがある。そこの桜は染井吉野《そめいよしの》という日本各地で見られる桜だけでなく、さまざまな種類があり、八重桜だけでも何種類もあるのである。花の色も必ずしも桜色のものばかりではない。黄桜と称して黄色の花弁が何とも美しい桜があり、私は思わずその樹の前で佇《たたず》んで見入ってしまった。

私は早速、庭師に頼んで我が家にその黄桜を植えてもらうことにした。樹が育ち、やがて花が咲くようになった黄桜は、はじめは薄々と葉の色と同じ上品な薄緑のつぼみから始まり、そして私が憧《あこが》れた美しい黄色の桜が楚々《そそ》と咲いた。やがて黄色に紅が差しはじめると徐々に色を変え、ついに桜色に変わっていったかと思うと、散り始めたのである。大地を彩る桜の花はもう黄桜ではなかった。花びらの色は桜色になり、私は桜ですよと主張しているかのように、落花はあたりの大地をすっかり桜色に彩っていった。

このように、体験を通して得た発見を俳句で表現したいと思うが、俳句で自然をどれほど表現できるかは分からない。それは言葉によって生まれる余韻にかかってくるのであろう。

選者も実作者

最初に申し上げたと思うが、選者も一俳句作家である。俳句会では選者であり作者であるから、ただ句会に臨んで人の作品を選んでいけばいいのではない。出句された中には自分の作品も無記名で入って肩を並べる。同じ兼題、同じ席題で作ってきた俳句は、参加する人々の作品の中にあって、他の人の作品より数段佳い句である保証はない。だから俳句会は非常に民主的であり、長年俳句を作ってきた人も、近年始めた人も同じ土俵で勝負する。勝負と言うとよくないかもしれないが、長年俳句を作ってきたとい

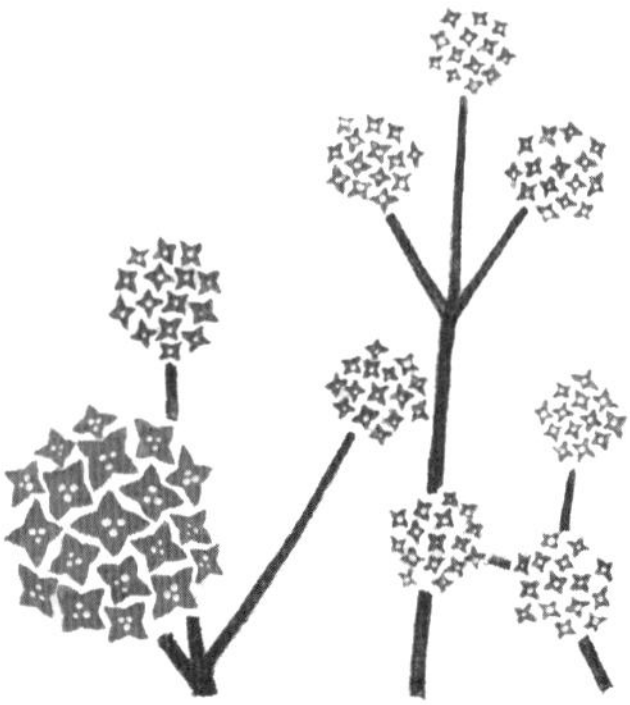

う自負は通用しないのである。ベテラン作者、ベテラン選者と言われる地位にあるものは、一段と辛い立場にあるということは間違いない。そして、その立場にあるものは、いつも俳句のことを思い、いつも感性を磨いていかなければならないのである。

ものを見る目、ものを感じる心を磨くためにいつも勉強である。勉強と言ってしまえば何となくつまらないように思うかもしれないが、その立場になってみると、それは限りなく前向きで、限りなく意欲的になっていることに気がつくであろう。

「今から戦場に赴《おもむ》く心である」

私は、虚子が俳句会に行く前にこのように言ったことを知っている。私などは俳句会に行く前など、いささか不謹慎であるが、虚子が戦場と言ったことを思いながら、その中に楽しみを感じているのである。「よし！」と自分に呼びかけて「今日はしっかり自然を見て自然がこれまで隠して見せなかった、崇高《すうこう》な仕組みを見つけるぞ！」と俳句会に出かける。

もちろん、未知の作品が生まれようとしているのであるから、大きな心を抱いて、誰もが今まで知らなかったことを発見しなければならない。誰もが使わなかった言葉を用いて今を捉《とら》えなければならないと、気負って俳句会に出かける。「すでに使い古された表現よ、おさらば」である。

先日、ある俳句会で〈薄氷《うすらい》をぐしやぐしやにして菜を洗ふ〉があった。「え？」何か見たことがある。そうだ、虚子の句に〈**大根を水くしやくにして洗ふ**〉という有名な句がある。同じではないが私はこの句は選べない。ただ、誰の俳句か知りたいので選句用紙に書き込んだ。他の人は誰も取らなかった。ベテランと言われている人が返事をした。私は正直に「〈くしやく〉を〈ぐしやぐしや〉とはしているが、ヒントは虚子の句で、同じではないが、自分の発想ではないので類想になる」と断言した。思わずできたのかもしれない。よく名句を読んで覚えて勉強している人がいて、この句の作者もそうなのかもしれない。しかし、新しい発見はそう頻繁にはできなくとも、根本的に俳句の作り方、表現の仕方は自分で作り出さなければならないと思っている。

私の俳句〈**三椏《みつまた》の花**三三《さざん》**が九**三三**が九**〉ができたとき、私はこの句を冒険のつもりで投句した。我が家に三椏の花が咲いた。花の名前の由来であろう、枝は三叉《みつまた》に分かれ、その先に黄色い花が三つずつ咲いている。思わず「三三が九三三が九」と口ずさみ、そのまま投句した。どなたも取って下さらないだろうと、半分諦めていた。その句会のメンバーの一人、佐土《さど》井《い》智津子《ちづこ》さんが選んで下さった。彼女はよく冒険句を作られる一人で、若いころから一緒に虚子のもとで勉強した仲間である。選ばれたことで自信が出て、この句を私の大切な一句として句集にも収めた。もし、誰にも選ばれなかったらこの句は永久に日の目を見ることがなかったであろうと思い、今では彼女に感謝している。選者があって作者がある。選者の力量はあくまで個性的であるが、作品が残るのも、選者の良し悪しが大きく関わってくると知った。

指導は学ぶこと

一般的に俳句会は誰もが作家であり選者であると何度も申し上げてきた。自分が投句する句を短冊《たんざく》に書く時に、崩れた字になって他の人には読みにくい場合がある。また、字は間違っていなくても、癖があって他の字と混同してしまうこともある。句会では投句が出そろうとそれらを清記《せいき》用紙に清記してゆく。決まった清記係がある場合は間違いがないが、俳歴を問わない俳句会の場合は間違った記述がされる場合がある。特に洒落《しゃれ》て横文字をカタカナで表記する場合は気をつけなければならない。ある句会で〈ラ

イバルのやうな雨音朝寝して〉という一句があった。意味は分かったような分からないような感じで、「ん?」と一瞬頭を過《よぎ》っていった。句会が終わってから、私の所に短冊と清記用紙を持って来られた方があった。その短冊には〈**ララバイのやうな雨音朝寝して**〉と書かれてあった。ララバイは子守唄《こもりうた》である。兼題に「朝寝」と出してあったので作者は雨音を子守唄と聞いたのであろう。こうした間違いがないよう、句会の参加者は注意を払わなければならない。

俳句会の選句の時間には限界がある。特に目立たない一句は素通りしてしまうことがある。目立つ俳句、地味な俳句と分けて考えると、大勢の俳句会に出す一句は少し奇抜で、意外性のある内容の一句を出そうと考える人がいる。選者はここで試されている。目立たない俳句の中にはしみじみとした名句が潜んでいることがある。それらを見逃さないためにどのような選句を心がけなければならないか。時間がない場合は特に見逃してしまう可能性が高いかもしれない。しかし、長年選者を務めてきた者は簡単に見逃したりはしないと私は思っている。ぱっと見て佳い句、じっくり見て佳い句、時間をかけて見てしみじみとした佳い句、その作者ならではの佳い句。一方では作者が誰であれ、一般的に佳しとする句もある。しかし、私は作者あっての俳句であり、その人ならではの句を大切にしたいと思っている。

四十年近く前、あるホテルで始まった勉強会を指導してみないかというお誘いを受け、その中で一つの俳句会をお引き受けした。参加者はこのホテルのクラブ会員になっている人たちで俳句は初めてという方々と、すでに俳句雑誌に参加しているベテランで、私の応援団として参加して下さった方々もあった。どうしてこの句会に参加されたのかという質問から始まった授業である。「自分の庭に我が子のように愛しい芒《すすき》の叢《くさむら》があって、それが俳句で詠めたら嬉《うれ》しい」「俳句は短いから簡単だと思った」「日本の季節を大切に詠んでいきたい」……さまざまな理由があった。そして四十年の間に皆さんの俳句はめきめきと上達していった。先生として、皆さんがそれぞれの個性を伸ばされるよう心がけてきたつもりであるが、私自身も刺激を受けることが多く、皆さんに感謝している。

以前、英国のキューガーデンで見たマロニエの花の大樹のシャキッとした美しさと辺りを制する気高さに魅せられて、我が家の庭に苗木を植えてもらった。最初は金亀子《こがねむし》に柔らかい新芽を全部食べられて丸坊主になってしまった。網を被せたり、水を絶やさないように世話をして二十年、さっぱり花を咲かせてくれない。ある時、我が家に集まった人たちの前で、幹をぽんと叩《たた》いて「花を咲かせなければもう伐《き》ってしまうぞ！」と言うと、「先生、そんなことおっしゃってはいけません。優しく、咲いておくれと言って幹を撫《な》でてあげてください」と仲間のあやさんが言うので、その通りにしたら、次の年に本当に花が咲いたのである。

先生はあらゆる人、あらゆる自然から学んでいかなければならないことを、この時、いたく感じ悟った。先生という立場の周りには、先生の先生がたくさん集まる。いまでは先生をしながらも、同時に自分の勉強の場とさせていただいているのである。

季題に語らせる

自選ほど難しいことはない。句会の締切時間が迫ってくる時に、まだ自分の投句をどれにしようかと迷っている人がいる。選者の好みを考えて出すのではなく、「もしこれが誰の選にも入らなくっても、私はこの句を出したい」と思った一句を出してほしい。

吟行会での句会は次のような落とし穴がある。それは、同じ場所で先生も生徒も同じものを見ているということである。皆同じものを見て知っているので、出された一句は説明が足りなくても理解してもらえるかもしれ

ない。しかし、その句が後に俳句雑誌に投稿されて選者に選ばれないことがある。「あの時、選者の選に入ったのに」という疑問が出てくる。それは、吟行会での選句と、俳句雑誌での選句の違いであり、雑誌ではもっと一般的に理解される句が必要になるのかもしれない。少し説明が足りない一句が雑誌で選ばれることはないであろう。

俳句は短い詩である。すべてを言葉で説明するほどの音数はない。では自然の中から詠みたいものをどのような方法で説明すればよいであろうか。私は長く俳句を作ってきた中で、省略、余韻ということを特に心して学んできた。言わなくていいこと、言わなければならないことを、一句の中で自問しつつ訓練していかなければならないのである。言わなかった言葉を余韻の中に残す方法は、言葉の訓練をしているうちに理解できるようになる。即ち省略という大事である。初心者は残さなければならない言葉を省略し、要らない言葉を残すことが多い。これも徐々に会得するようになるので、何度もやってみるしかない。

日本語は美しい。長年培われてきた日本の言葉が、人々の喜怒哀楽を誘い、美しい詩型である俳句を育ててきた。そして何度も言うが俳句は季題を詠む詩である。省略したものを短い一句の中に残すための、何よりも俳句らしい方法がここにはあるのだ。つまり「季題に語らせる」ということである。俳句は季題を詠む詩であり、季題に語らせるのが俳句の方法である。

ドイツ人の俳人であったギュンタ・クリンゲ氏は、毎年日本に来て我々俳人と親しく俳句を語っていた。我々もドイツのミュンヘンにお伺いして、共に俳句を語りあった。国際俳句シンポジウムにも参加して下さったが、百歳をいくつか越えられた頃、訃報《ふほう》が届いた。生前のある日、私はクリンゲ氏から質問を受けた。「ドイツ人も日本の俳句のように自然を詠むが、同時に、思想、恋、感情などを俳句で詠んでいきたいが、いけないか？」とのことであった。私は誠心誠意お答えした。「日本人でも、何も自然ばかりを描写しているのではありません。心のある人間なのですから恋もする、思想も語りたい、感情の赴くままに俳句に詠みたいのです。しかし、俳句は季題を詠む詩です。感情をすべて包含して季題に語らせるということをいたします」とお答えした。もちろん通訳の方に間に入っていただいたが、よく分かって下さったのではないだろうか。

　その後、ミュンヘンでドイツ人を交えて俳句会をした。外には春の雪が降っていた。季節はもう春であった。「春の雪」である。私は「春の雪」という題で作りましょうと誘った。一人のドイツ人が『春の雪』とは言わない。ドイツでは雪が降っている間は冬です。雪が降らなくなったら春なのです」という。俳句会は和気藹々《わきあいあい》のうちに終わってよかったが、このようにいろいろ理屈で攻めてこられて面白かった。先生の句も弟子の句も同じ組上に乗せるのが気に入らなかったようだが、日本流で押し通した。私の選を尊重して、入選したら手を広げて喜んで下さった。句会の楽しさはドイツも日本も同じであると感じた。

選者として作者として

昭和五十二年七月、「ホトトギス」主宰で私の父・年尾が脳梗塞《のうこうそく》で倒れ、入院した。私は三人の子育てで忙しかったが、急遽《きゅうきょ》「ホトトギス」の雑詠選を父の代わりにすることになった。その頃の雑詠投句は半紙を半分に折り、「ホトトギス」誌にある投句票を切り抜いて半紙に貼《は》り、墨筆で投句をするという形式を続けていた。選句はそれに赤鉛筆で丸を入れて三句、二句、一句と選り分け、原稿用紙に清書してから印刷会社に送るという、手間のかかることをしていたので、雑誌の発行が大幅に遅れていたのであ

る。私が選をすることになって、その手間をまず改善していくことを実行した。投句用紙を雑誌に直接挟み込むように変えたことで清書が不要となり、ぐんと手間が省かれ、発行の遅れも短期間で取り戻すことができ、「ホトトギス」の誰彼に喜ばれたのである。

年尾は右脳の脳梗塞で、幸いにも細々ながら俳句も作ることができたが、選句を私に委ねたことで安心して療養ができた。しかし、私の選句に対しての監視は怠《おこた》らなかった。私の選が甘いとクレームが来る。「選は厳しく」「そして善意の選句」「選もまた創作なり」と言い、二年半の私の選者としての修業に目を光らせてくれていたことは私の安心感と自信に繋がっていった。

昭和五十四年十月二十六日、年尾は亡くなった。旧漢字を使っていた「ホトトギス」誌面を現代の漢字に直し、文章まで旧仮名遣いであったのを、文章は現代仮名遣いに直すことにした。いろいろ改革をしたが、俳句は旧仮名遣いを踏襲することとした。「ホトトギス」は昭和五十五年四月号をもって創刊一千号を迎え、私は主宰として祝福を受けることになった。

主宰は孤独であった。判断をしなければならないことも多く、大勢の俳人たちに指針を過ちなく示していかなければならない。しかし、ある日ふと、むくむくと自信のようなものが湧《わ》いてきて、眼前が開けていくように思えた。さあ皆さんついてきてくださいと心で叫びながら、ともかく選者はいい俳句を作らなければならないということが分かったのである。

自然を見る目も変わってきた。咲き誇る桜を詠んだ句は多いが、その桜が散っていき、やがて葉桜へ移っていく。秋には桜紅葉も美しい。冬には葉を落とし枯木になるが、その中で冬芽を育む。この桜の一生を刻々の命として詠んでいかなければならないと学んだ。俳句には厚みが欲しい。軽みも大事ではあるが、軽みの底にもこのような命があることを思いながら、一句を作っていくことを考えたい。作る俳句がどれもこれも重たくてはよくないが、作者は自然をよく知って作ってほしい。見えている部分よりその背景の深さが欲しい。選者はそれらを余韻として一句の背景をしっかり捉えて選をするのである。平明、軽快、滑稽《こっけい》、なども俳句には大事な要素かもしれないが、五七五のリズムに乗せることばの斡旋《あっせん》によって、情景を間違いなく伝えることができる一句が欲しい。

奈良と三重の県境に位置する曾爾《そに》高原は芒の名所であり、一面の芒が靡《なび》くと幽玄の世界に誘われていく。〈**光るときひかりは波に花芒**〉は思わずできた私の一句である。その高原に昇る朝日と沈んでいく夕日に応《こた》えて風に靡く銀波金波の芒原は、思わず息を呑《の》む。私は月夜にもどれほどの美しい情景が見られるかと、十六夜の月の美しい夜に車を走らせて観に行った。すると煌々《こうこう》と月が照らす芒原には、あっと驚く情景が広がっていた。芒にはどれもしとど露が降りて、どの芒の穂もつんつんと突っ立っており、靡く様子は全然見ることができなかったのである。作者として選者として、自然の新たな姿を知った瞬間であった。

俳句の落とし穴

「俳句を作ってみましょう」とお誘いすると、初めての方からはたいてい、「私なんかが作ったら川柳《せんりゅう》になります」と答えが返ってくる。とんでもない、川柳を軽く見てはいけない。川柳は川柳の世界、俳句は俳句の世界があって、それぞれ切磋琢磨《せっさたくま》して後世に残る名句を作る勉強をしているのである。俳句は俳句の約束ごとを守り、俳句会に出席し、自分の作品を出句して、そこでは生の勉強をすることができる。だんだん興味が湧いてきて、どこか結社に入って投句ということをしてみるようになる。自分の俳句が

雑誌に載ると感激する。少しずつ勉強の方法を覚え、また吟行会にも誘われて行くようになる。さまざまな会のやり方があって、どのやり方で俳句を勉強していこうかと選択しているうちに、いつしか俳人と呼ばれるようになる。皆それぞれの関わり方を経て俳句を作るようになるのであるが、現在自分の置かれてある立場についてあまり考えることはないであろう。そのような経緯で俳人になった人々が、そこからもっと深く勉強していくためには何をすればいいのか。いや、そんなに深く考えないで、ともかく俳句が好きになって、これからも俳句を作っていきたいと思う人がほとんどで、あまり難しく考える必要もないだろうと私は思っている。

そういう私は俳句のためにこの世を生きてきたという自負を持っている。そして、あらゆる人々に俳句を勧めていく。たかが俳句、されど俳句である。「俳句なんか」「簡単すぎてつまらない」「季節の推移を詠むだけでは」「制約が鬱陶《うっとう》しい」など、いろいろな声はあるだろう。しかし私は何か自分が生きてきた証《あかし》を残したい。自然の美しさと出会ったときに一句に残せたらと思うのは人としての本能だろうか。なぜこの景色を詠もうとするのか。なぜ俳句なのか。俳句会がなければ俳句は作らないだろうか。などとさまざま考え、私はそのどれもにいつかは答えを出していきたいと思っている。

短いゆえに俳句は簡単な表現で言いたいことが言える身近な表現方法である。季題に語らせることで、その季題の持つあらゆる事柄が想像を引き出してくれる。昔の人々がすでに詠んできた季題には、それらに纏《まつ》わるさまざまな事柄が余韻として含まれて読者に伝わるのである。たった十七音で表された表現よりも、もっと大きな世界がその一句には存在するということを知らなければならない。

一方、作者として考えれば、どの程度言葉で表現し得るか、という難しさに直面することになる。自分の思いが十七音の中で有効に働いていなければ、読者が意味を取り違えるということにしばしば出会う。例えば私は若い頃、〈**泳ぎ度《た》き子と出掛けねばならぬ母**〉という一句を子育て真っ最中に「ホトトギス」に投句して年尾選に選んでもらった。次の月の句評にも載った。しかし、この句をどこかで取り上げて、「泳ぎに連れて行ってほしいと言った子に、母は別な用事で出かけなければならないので困っている句である」というような解釈があった。別な用事で他に出かけなければならないというのではなく、子どもに付き添っていかなければならないという思いが私の発想であった。つまりこの句は「出掛けねばならぬ」という表現の解釈で句意が異なってくる。「ホトトギス」に載った句評は「出掛けねばならぬ母」を「気が進まないが泳ぎに連れて出掛けねば」と、私の発想通りに解釈していた。このように短い表現の解釈が何となく分かれてしまうのは短詩型の持つ宿命かもしれない。でも、そのおかげでかえって広く深く多くを読者は読みとることができるのではないか、そしてそれこそが十七音という俳句ならではの省略の力ではないかと思っている。選者としても、解釈の幅というものを充分に意識した上で、自らの選に責任を持ち、一句一句に真摯《しんし》に向き合っていかなければならないのである。

成長し続ける

虚子を囲んだ俳句会での話である。これまで虚子の俳句は誰彼の選に必ず入っていたのであるが、ある会で虚子の俳句を誰も取らなかったことがあった。同席していた高野素十《たかのすじゅう》が虚子の前にずかずかと進んで声をかけた。「先生、誰の選句にもお入りにならなかったのは大変珍しいですね。ご感想は?」と言ったのである。「不愉快です」虚子はただ一言答えて立ち上がり退席したのだそうだ。また、高野山金剛峯寺《こうやさんこんごうぶじ》での俳句大会では、当時二十歳の千原叡子《ちはらえいこ》さんだけが取った〈**朝牡丹《あさぼたん》小僧走りて雨戸引く**〉が、選

に入った虚子の唯一の句であった。俳句会は非常に民主的で公平な舞台である。選者の作品もそこで放り出され良し悪しが問われる。必ずしも選者の句が佳い作品であるとは限らないが、しかし、何と言っても代表選者は、佳い作品が作れなければならないという辛さがある。良い選者は良い作者でなければならない。そして自然淘汰《とうた》されていき、良い選者が残っていく。

一年に一度、各地でホトトギスの俳句大会が開催される。特別選者以外の方は、一人三句選をしていただく。全員投句し、全員選者となる。特別選者は佳いと思った句を自由に選び、最後にそのうちの十句を特選として二重丸を入れるが、披講《ひこう》が始まると、会場に緊張した空気が漂う。選ばれる句は無記名で投句された作品であり、先生も一般の俳人も同じ舞台で競い合うのである。

平成二十七年五月、北海道大会に出席してきた。日本の北の国である北海道の五月は桜、リラ、鈴蘭《すずらん》、アカシヤ、などなど花々が一度に咲き乱れ気温も快適で、一番いい季節である。私の住む関西は、五月には暑いくらいの気候になるが、だからといって五月の北海道に行き、北海道の素晴らしさを羨《うらや》ましいなどと言ってはならない。この素晴らしい五月の大地には長い雪や寒さに耐えてきた時間があり、そのことを抜きにして語ることはできないのである。

北海道大会の一年に一度の俳句会で、私は心を込めて俳句を語り批評もさせていただいた。特選に入られた方々が喜ばれたばかりではなかった。「先生が選んだ特選を自分も選ぶことができた。自分の俳句は誰の選にも入らなかったけど、自分の選句が正しかったと分かり嬉しかった」と言われた。俳句の勉強はさまざまである。大会に出席してこのような視点で俳句を学んでいかれる方には必ず素晴らしい俳句作家の道が広がっていくに違いない。私はいろいろな人との出逢《であ》いの中で、私自身も常に勉強であると感謝して帰宅した。

俳句は理屈ではない。興味を持って物を見る心をいつも若々しくしていなければ俳句はできないであろう。ふと感動に誘われた時に一句が生まれると思っているが、そこで生まれた俳句も、そのままで完成というわけにはいかない。

以前、次のような「俳句の作り方 十のないないづくし」を作ってみた。
○上手に作ろうとしない（言葉のアヤに振り回されないこと）
○難しい表現をしない（平明に表現することによって心の奥に秘められた感動がすっと伝わる。平明は平凡ではない）
○言いたいことを全部言わない
○季題を重ねない（一つの季題を大事に使う）
○言葉に酔わない（独りよがりにならない）
○人真似をしない
○切字《きれじ》を重ねない
○作りっ放しはいけない（推敲《すいこう》の大事）
○頭の中で作り上げない
○一面からのみ物を見ない（角度を変えて物を見たときの発見）
この十箇条を常に頭に置くというのは難しいが、こうしたことを時々思い出して自らの俳句を見直すことで、作者としての成長につながることはもちろん、自選の助けにもなるのではないかと思うのである。

自然とともに

俳句の話を始めると、次々に頭に浮かんでくる言葉がある。省略、推敲、余韻、感動、感情、沈潜、明暗、挨拶、存問《そんもん》、足音、万象《ばんしょう》、諷詠、天地、有情、単純、複雑、健康、病臥《びょうが》、大地……まだまだある。これらを心にとどめて俳句に向かったとき、心は限りなく深く永遠となる。短い詩型である俳句は、多くを語らないのに多くを伝えられるという不思議な詩型である。言葉遊びになってはならないが、言葉の魅力を最大限に使っていかなければならないのが俳句であると、私ははっきり言い切ることができる。

それは俳句に親しんできた長い歳月によって培われた私なりの結論のようにも思う。言葉の魅力は限りなく深く限りなく大きい。

もう随分昔のことになるが、ある新聞社が開催した「桜のシンポジウム」に俳人として参加した時のことである。そこには日本画家の上村淳之《うえむらあつし》さんも参加されていた。その時、桜の絵を描くときの心持ちについての話があった。「満開の桜を描くときは、たとえ満開の桜を見ながら描いていても、描く者はその先に散る桜を心に思い描きながら描くのです。目の前に広がる満開の花を描写するだけでは駄目なのです。やがて散る桜を心に抱いて描かねばなりません」というような話をされた。私ははっと心に虚子の俳句が浮かんだ。〈**咲き満ちてこぼるゝ花もなかりけり**〉「ああ、これだ」と思った。絵も俳句も同じ心が通っているのではないかと感動した。虚子から教わったこと、それは自分自身が物事を一つずつ会得していくことによって、その人その人の個性ある俳句が生まれるのではないかということである。選者として多くの方の句を拝見する中で、この思いはますます強くなった。

本章に書かせていただいた「選句という大事」は本稿で終わるが、これを読んで下さった皆様の作句理念にどれほど貢献できたかは分からない。俳句を作るということを難しく考える必要はない。楽しく自然を賛美する心のある人ならば、後世に残る名句ができるに違いない。しかしながら、自然はただ美しいばかりではない。ときに、恐ろしい災害をもたらすものでもある。

阪神・淡路大震災は私の住んでいる阪神地区で起きた。今から二十年以上も前、平成七年の一月十七日の未明、五時四十六分にぐらぐらっと来た。私は芦屋の自宅で起き上がっていた。「この辺りがこんなに揺れるのなら東京は全滅だろう」と、思わず息子たちが住んでいる東京のことを案じたのである。テレビの電源が戻り、震源はこの辺りと知ってまた驚いたが、実感はなかった。芦屋川に架かっている橋が十センチほど段差ができて、川の両岸の地面が陥没していることを知った。今考えると恐ろしいが、私は車で近所を見て回った。大きな邸《やしき》が倒れて道を塞《ふさ》いでいたのを見て、急いで自宅に戻った。額が落ちて硝子《ガラス》が散乱しているのを避けるためスリッパを履いた。何とか我が家は小難で済んだが、俳人仲間にも亡くなられた方があった。また、身内を亡くされた方もあった。物が不足し、お互いを助け合った。

しかし、災害も自然の一部である。少しずつ復旧してきた初夏、木々が芽を吹き、緑の葉が彩りはじめると、その緑の葉の色が例年になく美しいのに誰彼となく気がついた。「地震で大地が揺らぎ、木々の根っこに酸素が行き渡ったのですよ」と、庭師が言った。

私はこれからも自然と共に生きていく。どのような季節の推移があったとしても私は自然を愛し、自然に親しみ、自然を詠んでいくであろう。俳句を学んできたことは私にとって最高の幸せであり、生きていくための糧《かて》であったと思っている。そして、皆さんにもそうであってほしいと心より願って筆を置く。

2章 句会の力

俳句は一人でも楽しむことができますが、
句会に行けば俳句の世界はさらに広がります。
数えきれないほどの句座を囲んできた稲畑汀子先生の
お話をうかがえば、きっと句会に行きたくなることでしょう。
幼少のころの句会の思い出から、
虚子、年尾によるホトトギスの俳人たちとの句座、
子供や外国の方との句座など、
さまざまな句会のエピソードを、
上達のための心がけとともにお話しいただきます。

虚子と汀子。十八歳を転機に、虚子と年尾の俳句の旅に本格的に同行。
俳人としての道を歩み始める。

私が行く！

私が幼い頃、勤めていた会社を辞めて俳句一筋という生活になった父・年尾《としお》は、会社の転勤で関西へ移り住んだまま、俳句の世界に飛び込んだ。錚々《そうそう》たる俳諧《はいかい》の重鎮の住む芦屋《あしや》近郊、そして詩情豊かな京都にもホトトギスの俳人が多かった。その雰囲気《ふんいき》は父の心をすっかり魅了し捉《とら》えたのである。

祖父・虚子《きょし》は父の決意を応援して、芭蕉《ばしょう》一門の発句《ほっく》・連句集『猿蓑《さるみの》』

を題材とした俳諧連句の会「猿蓑研究」をするようにすすめ、阪神間の俳諧の大御所に依頼した。「シグレノクジフサンアルヲテハジメニ　キヨシ」という祝電も届いた。私は、我が家で毎週金曜日にひらかれた「猿蓑研究」が大好きで待ち遠しかった。というのも、貧しい中でもその時は美味しいお菓子を用意して持てなし、我々子供もお相伴《しょうばん》に与《あず》かるので、私はお運びを喜んで手伝った。皿井旭川《さらいきょくせん》、奈良鹿郎《ならしかろう》、阿波野青畝《あわのせいほ》、高林蘇城《たかばやしそじょう》、林大馬《はやしだいま》、鈴木涙雨《すずきるいう》……などが記憶しているメンバーである。

当時、私は宝塚に近い小林《おばやし》聖心女子学院に通う小学生であったが、「猿蓑研究」に限らず、俳句会が好きであった。父が「誰か俳句会へ行きたい子はいないか？」と聞くのであるが、「私が行く！」といつも手を挙げた。句会場の京都のお寺の一室は寒くてつらかったが、俳句会は楽しかった。

その後、戦争で思うように俳句会ができない日々が続いたが、戦後、日本に平和が戻ると若者たちにも俳句を勉強する場が新たに生まれてきた。その中に、虚子の胸を借りて若者たちが競い合った稽古《けいこ》会と称する俳句の勉強会があった。京都大学の学生たちや東京の学生たちが参加し、山中湖の虚子山荘や千葉県の鹿野山神野寺《かのうざんじんやじ》で開催された勉強会に私も参加することができた。〈**バンガロー足が出てゐて引つこみし**　高田風人子《たかだふうじんし》〉〈**別荘に表札打てばほとゝぎす**　深見《ふかみ》けん二《じ》〉〈**月見草開くところを見なかつた**　嶋田《しまだ》摩耶子《まやこ》〉と自由闊達《かったつ》に、誰もが思ったまま俳句を作っていった。

私は〈**避暑の娘に馬よボートよピンポンよ**〉〈**避暑の娘に朝早々と馬引き来《く》**〉〈**毛虫這《は》ふピンポン台に負けてをり**〉といかにも楽しげに良し悪しを問わず作り続けた。

虚子の句に〈**避暑の娘のはしやぐをたしなめんかと思ふ**〉と出てきたが、これは私と従姉妹《いとこ》の二人で、祖父と笑い転げて話をしていた時のことであった。

俳句は存問《そんもん》の詩と言われ、日常の会話からも生まれていく。人と人との会話。人と自然との会話。自分との会話もまた俳句になる。静かに自分の心の動きに耳を傾けていると、ふっと五七五にまとまることがある。先の虚子の句もそうして生まれたものだった。

気楽に稽古会に参加した私であったが、句会では緊張した雰囲気が漂い、いつしか私も真剣に俳句に立ち向かっていったように思う。同じ年頃の若者たちばかりでなく、京極杞陽《きょうごくきよう》、星野立子《ほしのたつこ》、上野泰《うえのやすし》、高野素十《たかのすじゅう》、湯浅桃邑《ゆあさとうゆう》、私の父・年尾などが参加することも多く、若者たちの自由奔放な俳句ばかりではなく、しっかりした俳句の勉強の場となった。自由に俳句を作ったが、そこは俳句会である。俳句会は無記名で投句し、清記《せいき》し、誰の作品か分からない中で佳《よ》い句を選ぶ。披講《ひこう》で名告《なの》りがあって初めて作者が分かる。選句の勉強、やがて一句の良し悪しが分かっていく大切な勉強の場である。俳句会に出てたくさんの俳句に接することは俳句上達の近道とも言える。たくさんの無記名の俳句の中から佳い俳句を選ぶのは大変であったが、とても勉強になった。

小学生の頃「私が行く！」と手を挙げたのは俳句会の楽しさゆえであったが、その楽しさは今でも変わらない。この章では、句会の素晴らしさを皆様に少しでもお伝えできたらと思っている。

置き去られた虚子

俳句は座の文学と言われている。もちろん、一人で作り一人で楽しむこともできないわけではないが、句帳を持ってそこに書き留めることは自分だけの世界であり、その良し悪しは自分ではなかなか分からない。どうしても独りよがりになってしまう。そこで、俳句会（句会）がある。

句会はさまざまな形で開催されるが、一般的なやり方としては、参加者が短冊《たんざく》に自分の句を無記名で書いて投句し、それを皆で分担して清記をする。その清記用紙を回覧し、それぞれがよいと思った句を書きとめ、最終的に決められた数に絞り込む。その後、各自が選んだ句が読みあげられ、作者は名告《なの》るのである。これが大勢の会となると、全員で選をするには時間が足りず、選者だけに選を委ねるという会も出てくる。私はできるだけそうならないよう、たとえ大勢でも全員が投句し、全員が選をする会になるよう努力している。そのためには出席者が句会の進め方を理解していなければならない。熱心な余り、すべての句を書き留めようとする方がいる。気持ちは分かるが、それではスムーズに句会が運んでいかなくなる。一人の前に回覧の清記用紙が堆《うずたか》く溜《た》まってしまう。本当にいいと思った句だけを書き写すようにしなくてはならない。短い時間ではその判断が難しいと思われるかもしれないが、回数を重ねるうちにだんだん慣れてくる。それもまた一つの勉強である。

　同時に、何といっても俳句会は楽しくなくてはならないと私は思っている。佳い句ができて句会で多くの人から選ばれて褒《ほ》められればそれが一番楽しいであろう。しかし、佳い句を作らなくてはと身構える必要はない。

そんなふうに構えてしまうと句会が何か敷居の高いもののように感じられてしまうし、かえって佳い句もできなくなってしまう。

〈**初句会浮世話をするよりも**〉これは虚子の句である。新年、人が集まるところでは、「浮世話にうつつをぬかしているよりも、句会をしてはどうですか？」という虚子のお誘いである。人の噂《うわさ》話、悩み、怒り、悲しみ、自慢話等々、句会をしているとすべて俳句が忘れさせてくれる。俳句を作っているうちに大事が小事になって、いろいろなことを解消してくれる。そして後にその俳句を見るたびに、心にそれらが懐かしい思い出として甦《よみがえ》る。

私は句会に臨むときはお喋《しゃべ》りをしない。季題に集中し、吟行《ぎんこう》の時は、じっと自然から目を離さないで、変化を捉える。それは虚子を見て自然に学んだ姿勢かもしれない。虚子は俳句を作るときにオーラが出ていた。ある吟行中、ふっと近寄ろうとした私は、そのオーラを感じて足を留めたことがあった。〈**草枯《くさがれ》に真赤な汀子なりしかな**〉は、その吟行の後の句会で虚子が出した句である。その時私は真っ赤なワンピースを着ていたのだが、近寄れなかった私の足の動き、噤《つぐ》んだ口を今でも思い出すことができる。

　虚子のそうした姿勢は俳句会にも反映されて、虚子の出る句会は静かで私語は一切なかった。そこでは俳人としての上下関係は一切なくなり、誰もが俳句を作る一介の俳人であり選者であることに徹底した。

　大正十二年、虚子はホトトギスの事務所を置くべく、当時できたばかりの丸の内ビルヂングに赤星水竹居《あかぼしすいちくきょ》さんを訪ねた。「毎月の高い事務所の費用はお払いいただけますか?」と尋ねた水竹居さんに、虚子は「お払い致します」と答え、ホトトギスは丸ビルに事務所を置くことになった。その御縁で虚子に弟子入りされた水竹居さんに、虚子は句会へ車で同乗させていただいたという。ところが句会で水竹居さんの俳句が虚子選に入らないと、水竹居さんは帰りは虚子を置いてさっさと引き揚げられたと伝えられている。これはもちろん気心が知れた関係ゆえだろうが、それほどまでに、虚子の出る句会に真剣に取り組んでいたことの表れでもあろう。

もうしわけない

ある会の前、私はホテルの鮨《すし》カウンターの席で言語学者・金田一《きんだいち》秀穂《ひでほ》氏と並んで食事を楽しんでいた。

氏の楽しい会話に惹《ひ》かれながら「え?」と言葉を返した。「『もうしわけございませんでした』って言うでしょ! あれは間違いなんですよ」「え?」私の頭は混乱した。「じゃあ何て言えばいいのでしょう」「『もうしわけないことでございます』ですか……」「もうしわけ……?」いろいろ言っているうちに何が何だか分からなくなっていく。今、私は正しい表現が何だったのか思い出せない。そして〈**申し訳ないと言ひたる寒さかな**〉という俳句ができて句帳に書きとめた。いつも使っている言葉は、なんとなく正当性を帯びているように感じてしまう。俳句で使っている言葉にも実は間違いがあるかもしれない。だが、自然に、流暢《りゅうちょう》に喋っていけばどれもが正しい表現ではないかと思ってしまう。

その後、受け持っている俳句教室で、私は次の質問をして皆にマイクを回した。

「皆さん、俳句を作る時に何が大切ですか？　言葉の選択、また斡旋《あっせん》をどのように工夫していますか？　正しい日本語に気をつけて使っているでしょうか」「私は言語学者の金田一先生に『もうしわけございませんでした』という使い方は間違っていると教えていただき、はてその場合何と言えば正しいのか、伺って忘れました。調べると、『もうしわけない』で一つの言葉であり、「ない」だけを取り上げて他の言葉にすることはできないため、正しくは『もうしわけないことでございます』だそうです」。

早速意見が述べられ、次々楽しい答えが返って来たが、その会話の中でも「もうしわけございませんでした」と言う人が大勢いた。金田一氏に「あれは間違い」と言われた話をしたあとであるので、そのたび、教室が笑いに包まれた。私は日本語の先生は失格なのだ、と感じながら、正しい日本語をもっと勉強しなければならないと思っている。

話が弾んで教室の雰囲気がほぐれたところで句会に入る。すでに作って来ている人もいるが、「さあ、句会に入ります」という一言で再び緊張が走る。前もって知らせてある兼題ばかりではなく、嘱目《しょくもく》といって、その時期目に触れる自然の心に響く季題を使って作ってもいいことになっている。先生である私も同じように無記名で投句するのである。必ずしも皆に選ばれる名句ができる保証はない。「皆さん、名句を作ろうと思わないで名句を作って下さい」「へえ……?　難しい」という声が上がるが、実は先生である私こそ生徒に気づかれないようにニコニコしながら緊張しているのだ。

句会が始まると教室は自然と静かな緊張感が満ち、誰もが自分の出した句を選んで欲しいと思っている雰囲気が伝わってくる。句会が進んで清記した句稿がまわってくると、「あー、形容詞にそのまま『けり』を付けたら駄目なのに『……美しけり』って作った俳句がある」と思ったり、「この俳句、どこかで見たようだ」と思ったり、でもいい俳句が出てくると嬉《うれ》しくなって書き留める。時間の余裕はない。直感で良し悪しを決めて書き写さねばならないので、頭と手はフル回転しなければならない。そしてもちろん、一句一句を真剣に見ること、書き留める際に写し間違えないようにすることに、注意を払う。これは句会での最低限の礼儀だと思っている。俳人としての成長は、俳句が上手になるだけでなく、こうした礼儀を身につけることも欠かせない。この教室はもう何十年も続いており、生徒の皆さんは大変上達されたことを、句会のたびに実感する。先生としては嬉しいことなのだが、一方では私自身もより進歩が求められているということであり、背筋が伸びる思いがするのである。

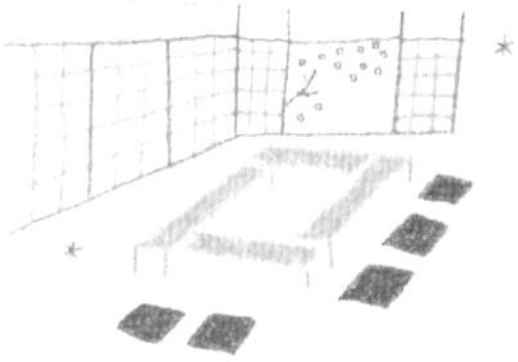

名告《なのり》

「ホトトギス」誌の選句に没頭するには、よく休むことのできた朝のしっかりした頭でなければならないと思っている。大切に投句して下さる誌友の方々が、「この句はどうか!」と声を出して挑むがごとく綺麗《きれい》な字で書かれた一句一句には、作者の魂が込められている。

「え?　この句、見たことがある?」。急いで歳時記を調べるが、見つからない。でも確かにこの句に似た虚子の句があった。そうだ、確かあそこ

にと思い、『ホトトギス　虚子と一〇〇人の名句集』（三省堂）を開いて虚子の句を調べていった。「ない！」。まだ残りの頁《ページ》がある。すると最後から三句目に、〈**傷一つ翳《かげ》一つなき初御空《はつみそら》**〉があった。投句されて来た句は〈東京の疵《きず》一つなき初御空〉である。

　私は、この句の作者がベテランで、前にも虚子の類句ではないかと思われる句を作って指摘されたことを思い出していた。そのままにしておいてもよかったが、ばったり会って二人になることがあった時に、思わず言ってしまった。「貴女《あなた》は、もうベテランといえる句歴を持っておられるのに、虚子の表現を使うのはなぜなのですか？」「そんなことはしておりません。『ホトトギス』誌に投句する時は俳句会で先生の選に入ったものばかりを投句しているのです。『東京の……』も汀子先生の選に入ったので雑誌に投稿したのです」。大勢の句会では、時間のない中で次々に回ってくる句稿に集中し、類想句かどうかじっくり考えたり、調べたりする時間はない。しかしこれは言い訳で、私の責任の重いことを痛感した。俳句はわずか十七音のため、たまたま類想句ができることがないとは言えないし、今回の場合も虚子の表現が無意識に作者の頭に残っていただけなのかもしれない。しかし選者はそうした句には気づかないといけないし、作者も選者に頼るのではなく、自分独自の発想・表現で名句を作り出すために、常に研究・自戒をしていなければならないだろう。

句会は勉強の場である。出席する一人一人が選者であり、投句する一俳句作家なのである。自分の投句する俳句は自分の責任の中で、「これはどうですか？」と自分以外の句会参加者に問うのである。

昭和二十一年、戦争で焼失した我が家が再建され、毎月第一日曜日はそこで句会が開かれ、関西在住の錚々たるホトトギス俳人が参加して下さった。虚子の高弟も来られた。関西の財界の方々も参加された。句会に参加するということは、持っている肩書きをすべてはずし、一俳人となって切《せっ》磋《さ》琢磨《たくま》し、競い合うということである。句稿の回覧が終わり、選句が済むと、各自の選が読み上げられる。当時はみな自分の俳句が披講されると、大きな声で名告を上げた。その名告には個性があって、今なお語り草となっている。いつもより一オクターブ高い声で「よしえ！」と名告る松枝《まつえだ》よし江さん。「たけし、たけし、たけし」と必ず一度に三回名告る池内《いけのうち》たけしさん。癌《がん》を患って声帯をなくされた吉川葵山《よしかわきざん》さんは、笛を持ってこられ、ご自分の句が披講されると、「ピッ」と大きく笛を鳴らされた。小さい声で名告る人はほとんどいなかった。こうした名告には選に入ったことへの感謝と喜びがつまっている。

今の句会ではそのような特徴のある名告がほとんどないのが淋《さび》しい。また、小さい声しか出なくなってしまったのなら仕方がないが、できるだけ誰にでも聞こえるように名告るのが句会におけるしきたりであり、選者に対する礼儀である。下を向いて名告ると声が籠《こも》ってしまい、聞きとりにくい。作者が上を向いて大きな声で名告ることで、選者も選んでよかったと嬉しく思うのである。

俳句会の今昔

俳句会といえば、俳句を楽しむ人々が集《つど》って、持ち寄った俳句を無記名で出句し、その良し悪しを競うというのが今の一般的な姿である。私はふと、過去の俳句会の経緯を振り返ってみたいと思い立った。あまり古くへはさかのぼれないが、芦屋の虚子記念文学館の常設展示場に、子規《しき》庵での初句会の様子を、画家の下村為山《しもむらいざん》が参加者一人一人の特徴をとらえて描いた軸があり、河東碧梧桐《かわひがしへきごとう》の説明が入っている。この絵は「明治三十一、

二年頃の子規庵新年句会図」と題してある。子規が脇息《きょうそく》に寄り掛かり、まわりに約二十人の弟子仲間がてんでに座って丸く繫《つな》がっている句会の様子である。机などない。床を机代わりにして書いている姿もある。しかし新年句会ということもあって、黒の紋付き羽織袴姿の人が多く見られる。虚子は子規から数えて右に七番目のところにいる。子規の向かって右に、石井露月《いしいろげつ》、佐藤肋骨《さとうろっこつ》、河東碧梧桐、坂本四方太《さかもとしほうだ》、内藤鳴雪《ないとうめいせつ》、佐藤紅緑《さとうこうろく》、そして虚子と続く。飄亭《ひょうてい》、鼠骨《そこつ》などの名前もある。子規は明治三十五年に亡くなっているから、三十一、二年といえばそれ程健康ではなかったはずであるが、この頃から俳句会の基本的な形は変わらず、随分盛んに行われている。

私の父・年尾がホトトギス主宰の頃、父は日本各地のホトトギス会から句会開催を依頼されて出かけて行った。日本各地へその都度伺うのは大変だったので、日本を九つのブロックに分けて、各県持回りの仕切りのもと、それぞれのブロックへ年尾主宰がお伺いするという形になった。現在では十一のブロックを、私と廣太郎《こうたろう》主宰が同様にお伺いして句会を開いている。

北海道は冬の厳しさを避けて五月の良い時季に伺うと、リラ、アカシヤ、鈴蘭《すずらん》、桜などが一度に咲いた見事な自然が迎えてくれるが、その良き季節の到来は、半年の厳しい寒さに堪《た》えて来たからであるということを忘れてはならない。以前、流氷を見に二月の網走《あばしり》を訪ねたことがあった。辿《たど》りついた網走の雪と氷に鎖《とざ》された厳しい自然に、旅人は難渋した。帰りの飛行機は着陸できず欠航した。釧路《くしろ》へ出てなんとか帰ってこれたが、すんなりとはいかなかった。

東北地方も私の住む芦屋からは遠い地である。青森へお邪魔した際、地元の方々は私たちを温かく歓迎して下さった。句会が始まり披講の段になると、津軽《つがる》弁での披講はさっぱり分からないので、自分の俳句が読み上げられても、知らん顔して聞き惚《ほ》れていた。これも旅の句会の醍醐《だいご》味かもしれない。私は〈**津軽弁涼しく聞いて分らなく**〉という俳句を作った。

このようにさまざまな句会があるが、未来の俳句はどのようになっていくであろうか。若者たちに俳句の世界をしっかり継承していって欲しいが、過去の俳人には想像のつかない世界が広がろうとしていることを知った。それはインターネット俳句会である。私も日本伝統俳句協会の依頼で選者を務めたこともあったが、句を手書きすることもなくなると、俳句は作品の所在が有耶無耶《うやむや》になりそうだ。

こんなことがあった。ある作者が、インターネットの句会にペンネームで投句をした。その句を第三者が勝手に自分の句として新聞俳壇に投句したところ、選に入った。そしてペンネームを使った作者がそのことを知らずに本名で句集に掲載したところ、その句は盗作だと言われてしまった。作者はペンネームではなく、自分の本名か俳号でインターネット句会に出したらよかったかもしれない。誰でも見ることができるインターネットだからこそ、知らずに剽窃《ひょうせつ》されてしまう可能性も高いのだろうか。このように問題点は多いものの、一方でインターネット句会で俳句の楽しさに目覚める人もいるだろう。まだ歴史の浅い句会の形だが、今後どうなっていくか、期待したいという思いも持っている。

出会い

「俳句を作ってみては？」、私は親しい誰彼にお勧めしてきたことで、今の私の俳句人生があると思っている。難しく考えないで、とにかく作ってみることをお勧めする。私のように、俳句の家に生まれていつの間にか俳句にどっぷり漬かっている者も、俳句を始めて日も浅い人も、俳句を作る楽しみは同じだと思う。

俳句の家に生まれて、俳句とは違う人生を歩いていた妹も、いつの間にか俳句を作って、たくさんの仲間に囲まれている。いつから始めてもすぐに俳句は親しめる。しかし最初は順調に俳句を作っていても、いつか大きな壁にぶつかって思うように作れなくなってくることがある。順風満帆な作句の日々がいつまでも続くわけはない。でも、そうでなければ進歩がない。いつまでも常套《じょうとう》的な表現を繰り返して満足していては寂しいではないか。時に冒険してみたり、新しい発見をしてみたりしなければ進歩がない。そして壁にぶつかったら、その壁を乗り越えて作る努力をして新しい世界を見つけるのである。そして、ますます俳句にのめり込んでいくという経緯を辿ることで、俳句に斬新《ざんしん》な世界が展《ひら》けていく。ただし、目新しさだけを求めて句を作るのは絶対によくない。

俳句を学びたい、作ってみたいという気持ちがほんの一かけらでも生まれたら、そこから皆で肩を並べて一緒に楽しんでいくことにしたいというのが私の俳句に対する考え方である。

私たちの俳句の仲間に、御夫婦で句会に来られていた方があって、奥様が若くして亡くなられた。寂しい心を抱いて、愛妻への俳句を作り続けて元気を取り戻そうとされていたご主人が、ある日、世界一周の船旅をされると聞いた。なんとか元気になって帰ってきてほしいと、祈るような気持ちで見ていたのだが、しばらくして楽しい船旅になったと元気に帰って来られた。

「先生、実は、同室になった若い方が、私と同じように最近奥様を亡くされてこの旅に参加されていました。私が句帳に書き込む俳句を覗《のぞ》き込んで、『何だか楽しそうですね。何を書いているのですか？』と尋ねるので、『俳句を作っているのですよ。亡くなった妻と俳句を作ってきたので、妻と旅をしているような気持ちになれるから』と言うと、『僕も作りたいけれどどうしたらいいでしょうか』と言われ、一緒に俳句を作りながら帰って来たのです」。「先生、彼は関西に住んでいるのですが、どこか俳句が続けられる句会はないでしょうか？」と尋ねるので、私はさっそく我が家の句会にお誘いすることにした。月に一度、我が家では下萌《したもえ》句会という、いろいろな方が参加される俳句会を持っている。彼をそこへお誘いすることにした。以来、彼は休むことなく現れ、めきめき上達していった。やがて大阪のある倶楽部《クラブ》の句会にも参加するようになり、今や俳人として生き生きとされている。このような出会いはそうそうあるものではないかもしれないが、何かが働いて人と人との出会いがあるに違いないと私は思って、そのような機会を逃がさないように、いろいろな俳句会を作り、大切にしている。

ＪＲ芦屋駅の向かいのビルの一室では、毎月「芦屋ホトトギス句会」が開催される。駅から雨が降っても濡《ぬ》れないで来られる便利な場所なので、遠くは九州、広島、岡山、姫路、また東京、滋賀、京都などからホトトギスの誌友がどっと来られる。俳句を作るためのよい勉強の場となっている。入口が開いているのでさまざまな人が通って行く。「何の会ですか？誰でも参加できるのですか？」、通りすがりの人が覗いて行く。「興味があったらどうぞ」と言うと参加する人もある。誰もが参加できる俳句会が増えていけば、俳句はもっと人々の心を楽しませてくれるであろう。

外国と桜

今、俳句を世界遺産にしたいという運動があり、その運動の中心にあって声を掛けておられるのは有馬朗人《ありまあきと》さんである。日本の、四季の移り変わりのはっきりした風土から生まれた短い詩である俳句が、世界中の人々にどのような理解をしてもらえるか、ある意味では難しい問題があると思うが、何も言葉や文化の壁を意識して、それは無理だということもないかもしれない。私がお役に立つならば協力をしたいと思っている。

今後はもう海外に行く機会もないだろうと、パスポートも切れたままにしてあるが、考えたら娘がアメリカ人と結婚してシアトルに住んでいるのだから、会いに行くこともあるかもしれない。パスポートだけは取っておかなければ……。

以前は、俳句の仕事で海外へも何回も出かけた。外国の方でも俳句に興味を持っている人がいて、私自身も勉強になることが多かった。

英国・ロンドンの朝日カルチャーで講演をした旅も懐かしい。咲く花々も、日本とロンドンとでは違うということを知った。俳句の話をする時に、日本の春に咲きはじめた桜の花のことから話を進めていった。皆が待ち焦がれた春には、桜の開花を待つという時期があって、咲きはじめた桜の花をめでるために旅をしたり、俳句会をしたり、そして、咲いても忽《たちま》ち散ってしまう桜の花の儚《はかな》さは、昔の武士道の精神の潔《いさぎよ》さと通い合うものがあると話した。

ひと呼吸入れた時、聴衆から質問があった。「日本の桜は、咲いてもすぐに散るというお話でしたが、ロンドンの桜は簡単には散りません」

「え？」。私はその方の話に耳を傾けた。「ロンドンの桜は一か月ほど咲き続けます。儚いとは思わないのですが」。陽気が違うロンドンでは、一か月も咲くのだろうか。それならば、ロンドンの桜を詠《よ》むときはどのような表現になるのだろうかと、反対に興味が湧《わ》いてきた。

日本を代表する花である桜が一か月も咲き続いたら、本意である「儚い」という印象がなくなってしまうかもしれない。だが世界は広く、さまざまな国があるのだから、こうあらねばならないということはないのだろう。俳句は実際に見て作るという、現実に密着した場が多く、旅をして見たまま、感じたままを、短い五七五にまとめて詠む詩なのである。桜も日本で儚いと思っても、また違った一面を見つけて一句にするのも新鮮でいいではないか、と話したことが思い出される。

韓国に行った時は、国際大学で講演をして、このときも桜の話をした。日本で桜の時期に人々が、花に寄せる熱い思いを話したときであった。ある若者が手を挙げて質問というより意見を述べた。「日本の統治下、釜山《プサン》に日本軍が桜を植えて毎年美しい花を咲かせるようになったのですが、その桜は戦争のことを思い出すといって、第二次大戦後すっかり切り倒されたのです。今その場所で咲いている桜は、その後に植えられた桜です。それについて、どう思われますか？」という質問であった。私は次のように答えたのである。

「戦争は残酷で本当に悲しいと思います。戦争をしたという事実は永遠に残るでしょうが、自然はきっと温かくその事柄を包んでくれるでしょう。毎年桜の季節が巡ってくると、自然は美しい花を見る人々の心を温かく迎えてくれて、心を癒してくれるのではないでしょうか」

その後、若者たちも交えて、俳句会をした。すっかり和《なご》やかな雰囲気の中で、俳句が次々読み上げられていく。日本でする俳句会と同じように、自分の俳句が読み上げられるのを期待している様子が伝わってきた。

旅の思い出の一コマとして、私にとって忘れられない「桜」である。

句会と染筆《せんぴつ》

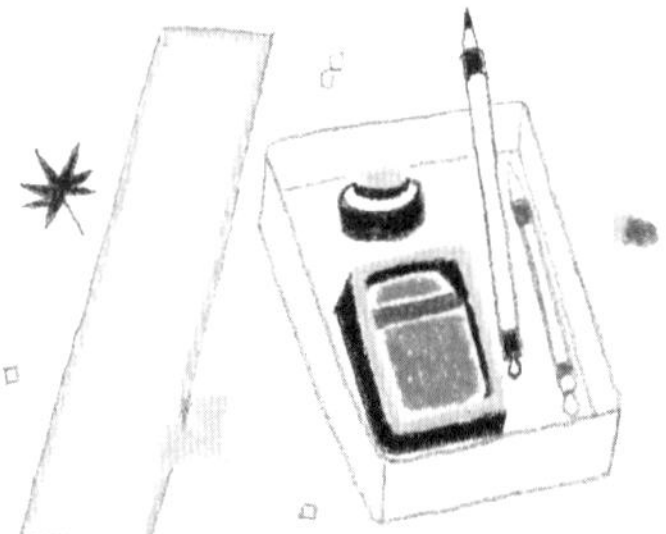

　俳人が書き残した染筆の短冊や色紙には、貴重なものが多い。祖父・虚子の染筆をはじめ、ホトトギスを彩ってきた方々の染筆もまた、ホトトギスの歴史を語るのに欠かせない大事な資料であり、研究しつつ虚子記念文学館で工夫して展示している。本人直筆であるので、その筆勢から個人の姿が見えてくる。我が家に続く土地に平成十二年に建設され、公益財団法人の認可を受けている虚子記念文学館は、狭いながらも貴重な資料が大切

に保管されている。故人となった虚子の弟子たちのご遺族から資料として寄贈していただいたものもあり、少しずつではあるが、さまざまな貴重な展示を行っている。

ある日、虚子の資料として届けられた短冊に、「え?」と、驚く染筆があった。それは記念館ができるのを心待ちにしながら記念館の完成を待たず亡くなられてしまわれた、伊藤柏翠《いとうはくすい》さんからのものである。その後、彼のご遺族から届けられた数少ない虚子の遺墨《いぼく》のなかに、「秋風や闘志いだきて丘に立つ」という虚子の短冊があった。思わず目を皿のようにしてその短冊を繰り返し読んだ。それは誰もが驚く資料である。

大正二年の、**〈春風や闘志いだきて丘に立つ〉**という虚子の俳句があまりにも有名である。一時期、俳誌「ホトトギス」で小説や写生文に力を入れていた虚子は、俳句を任せていた河東碧梧桐が新傾向俳句に進んでいくことを危ぶんで、「ホトトギス」の俳句の伝統を守っていくために復帰した。その時の虚子の力強い決意の一句である。

「秋風や……」の短冊の染筆は誠に美しい字である。間違いなく虚子の字で、これを間違って書いたとは思えない。虚子は何故、このような俳句を伊藤柏翠さんに書いて差し上げたのだろうか。もう虚子も柏翠さんもこの世には居られないのだから、聞く術《すべ》はないのである。虚子が意識して「秋風や……」と書いたのなら何を伝えたかったのであろうか。考えれば考えるほどさまざまな想像が湧き上がってくるが、その答えはまだない。

私は虚子の俳句の旅に度々同行し、そこでさまざまな貴重な体験をした。旅先での俳句会は、伺った地域の俳人たちの真剣な勉強会で、虚子選に入るか入らないか、私はそれらの人たちの顔色を見ながら、あの方たちの俳句が入ればと、祈るような気持ちで披講に耳を澄ませていた。もちろん、虚子も一俳人として無記名で投句する。虚子は大抵皆の選句に入ったが、一度だけ、ひと声も上げることなく終ったことを、私は知っている。その時、高野素十さんがずかずかと前に出て来て、「先生、没のご感想は?」と聞いたのである。虚子は「不愉快です」と言って席を立ったことは、以前にも書いたことがあった（1章52ページ）。

旅先での句会は、終わると参加者が短冊を持参して、記念に虚子の句を書いてほしいということがある。私は虚子の近くで染筆を手伝って、度々墨を摩《す》った。旅で疲れているのに、いつもの句会で顔を会わすことのない人たちもあり、この機会を逃さずにと記念に書くことがあった。

そうした短冊が残されていると、ご遺族の方々から文学館に送られてくることもある。当時私もご一緒した句会で、虚子が染筆した短冊が、数十年の時を経て文学館に送られてきたと思うと、大変感慨深いものがある。「秋風や……」の虚子の句は、いつも俳句の旅で同道されていた柏翠さんが持っておられ、柏翠さんが亡くなられた後に送られてきたものであることが引っ掛かる。いつ、虚子はこの短冊を書いたのであろうか。幾つか私の推理はあるが、今はまだ言えない。そのうちいろいろ調べてみて「ホトトギス」に書く日が来るかもしれないが、永久に謎《なぞ》のままになるかもしれない。

句会の絆《きずな》

阪神間と呼ばれる地域は兵庫県南東部にあり、大阪、神戸のベッドタウンとしてさまざまな分野の人々が住んでいる。北に六甲山、南に大阪湾という風光明媚《ふうこうめいび》な住みやすい地の一画に、私も住み慣れている。戦争の傷痕《きずあと》もそのかけらも消えて久しいが、今から四、五十年前、そこに住む人々は誰もが身内のような親しみを持ってすれ違う街でもあった。子女たちの教育の場として長い歴史を持つ有名校も多い。男子校、女子

校があって、六甲山の懐になる芦屋の山裾《やますそ》に甲南中学・高校が移って来たのはいつだったか、我が家の男の子たちもそこでお世話になった。

ある日、校長先生より男子中学生の授業に特別教育活動というものがあるので、俳句を指導しに来てもらえないかとお訊《たず》ねがあり、夫に勧められるままにお引き受けすることになった。私の長男が高校三年の時である。

特別教育活動としてさまざまな分野の授業があったが、女の先生は私だけであり、中学一年の次男は友達にからかわれるのがいやで、廊下で会うとそっぽを向いた。

十人ほどで始まった授業は、すぐに皆馴染《なじ》んでくれた。季題を黒板に書くと、それを繋いで五七五にして投句、俳句会をする。「朝、学校へ来るときにどんな花が咲いていましたか?」と聞くと、「なんにも咲いていなかったよ」と言う。「桜が咲いていなかったかしら」と聞くと、「咲いていた、咲いていた」と言う。一から始めて、教室は笑いに包まれるようになったが、皆がいつもおとなしいわけではない。眼鏡が吹っ飛ぶ殴り合いに私も分け入り、むんずと腕を摑《つか》んだりした。年の初めの授業では、歌留《かる》多会《たかい》をして『小倉百人一首』も覚えてもらった。

夏休みに、東海道五十三次《とうかいどうごじゅうさんつぎ》を、俳句を作りながら寝袋を持って一人旅をするという企画を立てたのは山田六郎君。たくさん俳句を作って新聞の記事になった。ある日、卒業した山田君から電話がかかってきた。「先生、僕、明日結婚するけど式に来て下さいますか?」と言う。「明日なんて無理よ。でもおめでとう」と呆《あき》れたことが懐かしい。〈**柏餅《かしわもち》あっというまに腹の中**〉と作った生徒も、いの一番に結婚した。いつもトップになりたくて生徒会に立候補をしてきた生徒が先生になって、今なおホトトギスに投句してくれる。

二十年間通った特別教育活動のなかで、父兄の俳句会も始まって、「紅梅会」と名付けられて今も自主的に続いている。最初の会の時、教室に集まった父兄に俳句のことについて話し始めたとき、一人の母親がすっくと立ち上がって、「私、家を出るときにお鍋《なべ》をガスコンロに乗せて火をつけっぱなしにしてきたのを思い出しました」「すぐにお帰りなさい、早く早く!」。すっ飛んで帰ったその母親から、無事だったと知らせが届いてほっとしたことから始まった会である。俳句会は何といっても、俳句を愛する人たちの集まりであるが、その会が続くためには内容が問われるのである。

私は俳句を通しての絆は絶えることがないと思っている。ある意味において、ライバル意識がありすぎると難しい関係になってくることもあるかもしれないが、そのようにならない配慮をするために、指導者はいつも一人一人に心を配る必要があるであろう。

俳句会は神聖な場でなくてはならない。虚子は俳句会に行く時は「戦場に赴《おもむ》く心持ちで出かける」と言っていた。もちろん楽しいことも大切であるが、俳句会は勉強の場であり、真剣に勉強する心を持って臨むべき場であると私も思っている。いつ名句が生まれるか分からない。いつその人の代表作品が生まれるか分からない。どの俳句会においても最低限の緊張感を持って臨みたい。

初句会の今昔

一年の過ぎて行く早さを、託《かこ》つ頃となった。ついこの間、一年の抱負などという挨拶を書いたばかりだと思っていたが、もう新しい年のことを書いている。それらの感慨は、人生の流れの中で区切りをつけなければならない、一つの節目でもある。新しい一年が始まることで、心新たにしてゆこうという決意のようなものが、誰の心にも湧き上がってくるであろう。

俳句には年末年始の季題がたくさんある。年が明けると昨日はすでに去

年であり、今日ははや今年であるという「去年今年《こぞことし》」という季題は、その心の推移を見事に表現している。一眠りしただけなのに今日を今年、昨日を去年と言うのだ。心も改まり、順風満帆だった日々を新しい年にも続けていきたいのだから、それらを去年として消していくわけにはいかない。あまりよくなかった去年には、新しい決意が生れる今年であるよう願うことで、新年が大きな機会となることもあるのだ。

今年こそ佳い俳句を作ろうと期待し、初句会には新鮮な心持ちで臨む人々が集って来る。いつもの句会とは違って、お正月らしい雰囲気を調えて句会の主《あるじ》をするのも大事である。我が家の初句会では、毎年、まず歌留多会をしたり、投扇興《とうせんきょう》をしたりして、初句会の雰囲気を盛り上げてきたが、今ではお雑煮《ぞうに》を振る舞う程度のお持てなしのみになってしまった。歌留多会で盛り上がった後の初句会が懐かしい。

『小倉百人一首』を一生懸命覚えた娘時代、近所の俳句仲間として交流のあった家族から歌留多会の誘いが掛かると、我々姉妹は大挙して参加したものである。そこで覚えた「一字決まり」と言われている「むすめふさほせ」の一枚札は、絶対に逃さず取ろうと暗記した。「むらさめのつゆもまだひぬまきのはに…」の「む…」と聞けば「…きりたちのぼるあきのゆふぐれ」の下の句を取る。「すみのえのきしによるなみよるさへや…」の「す…」といえば「…ゆめのかよひぢひとめよくらむ」。「めぐりあひてみしやそれともわかぬまに…」の「め…」といえば「くもがくれにしよはのつきかな」。「ふくからにあきのくさきのしをるればば…」は「むべやまかぜをあらしといふらむ」。「さびしさにやどをたちいでてながむれば…」は「…いづこもおなじあきのゆふぐれ」。「ほととぎすなきつるかたをながむれば…」は「…ただありあけのつきぞのこれる」。「せをはやみいはにせかるるたきがはの…」の「せ…」といえば「…われてもすゑにあはむとぞおもふ」と口ずさむように覚えた。

今はもう昔の話ではあるが、日本伝統の遊びとして投扇興がある。立てた的に向って五本の色の扇を広げて空気に乗せて投げ、的に当たった格好、扇の姿や状態などから、『源氏物語』の五十四帖になぞらえた点数で競い合う。スマホのゲーム、インターネットのゲームのような時代からは取り残された遊びであるが、昔はその様子を俳句にして、初句会らしい雰囲気を盛り上げてきた。そういう時代は終ってしまったのであろうか。

人生、長寿の時代になり、私も祖父・虚子の享年を越えている。元気で長生きをしている俳句の仲間たちは、俳句があるから、俳句を作るから年齢を忘れることができる、句会があるから参加できるように元気でいられるという。句会では、お互い切磋琢磨していくために、また、俳句の良し悪しを自分で判断するためにしっかり頭を鍛えていかなければならない。無記名の俳句の良し悪しを論じ、作者が分かるとまた一味も二味も違った観賞ができる。無記名の一句の作者が、誰の句であるか、その瞬間にもスリルがある。「え?.」という結果になることもある。

初句会が一年の皮切りであることを心に、豊かな出発点としたい。

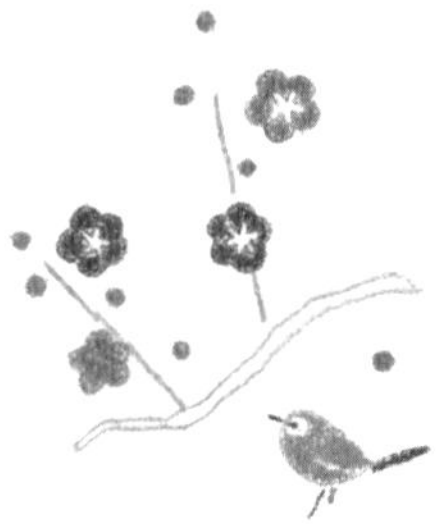

蟻地獄《ありじごく》

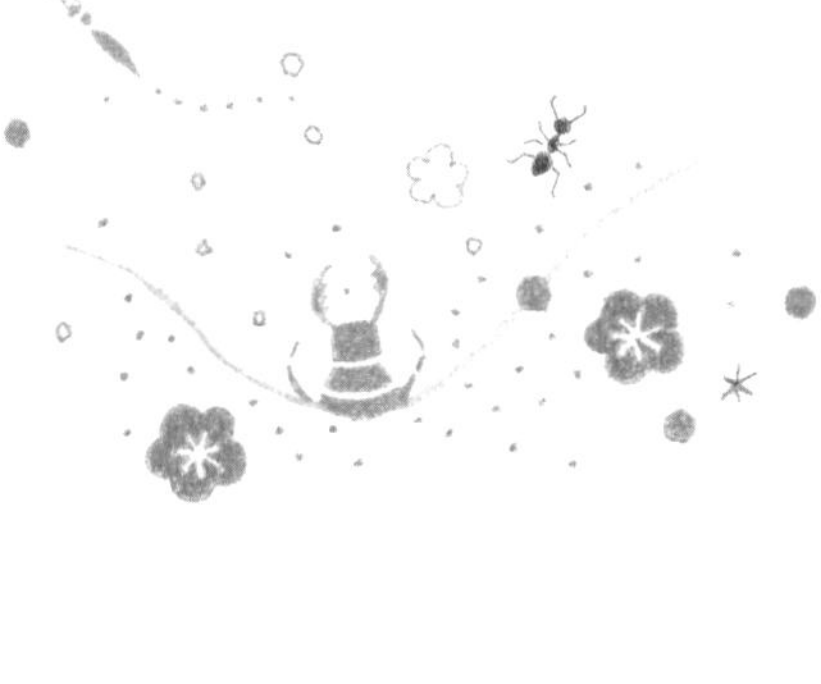

「うすばかげろう」の幼虫をご存じだろうか。「蟻地獄」として俳句の夏の季題にもなっている。縁の下などの乾いた砂に、擂鉢《すりばち》形の穴を作って中にひそみ、滑り落ちた蟻や蜘蛛《くも》などを捕らえて食べる。この季題を面白く使って話が展開し、さまざまな譬《たと》えとなり、俳句にも使われる。少し前、朝日俳壇年間賞に私が選んだ俳句に〈**蟻地獄脱して甘き余生かな**　岸田《きし だ》健《けん》〉がある。この作者は二年間身体の自由を失い、横たわったまま、そ

れでも目だけを頼りに娘さんの援助を受けて投句し続けてきて、奇跡的に快癒され、今はすっかり普通の生活をされている。こんなことがあるのだろうかと驚いたが、それを知ると、この一句は不思議な力が潜んでいる。

ところで、俳句で季題として使う蟻地獄を、俳句の世界に譬えることがある。一度そこへ落ちると這《は》いだせないのと同じで、俳句の世界に足を一歩踏み入れたら抜けられないという意味である。

以前、ある俳誌のお祝いの会に出席した。そこには俳優の辰巳琢郎《たつみたくろう》さんのトークが企画され、ご自分が俳句を作られる経緯の話に及んだ。母上が結社に属した俳人ということであった。同じテーブルについた彼に私が「琢郎さん、貴方《あなた》はもう俳句の蟻地獄に入ってしまわれましたね」と言ったら、「いいえ、私は蟻地獄には入っていません。何故なら、蟻地獄に落ちたら、抜け出そうともがくでしょ。僕は俳句の世界から抜け出そうと思ってないのですよ。だから僕は俳句を蟻地獄とは思っていません」と言って笑われた。私は一本やられてしまった。彼は京大出身の頭のいい俳優で、クイズ番組にも出演されている。

俳句を作ろうと思ってこの世界に参加される人々の、俳句との最初の出会いはなんであったのだろうか。一人一人違った経緯でこの世界に入られたのかもしれないが、そこにはやがてライバル的な存在があることに気がつくであろう。仲間ができ、自分もあの人のような素晴らしい俳句を作りたい。いや、なにくそ、負けるものか。身体の中から競争意識がむらむらと湧き上がってくる。あの人が作るあの手を私も使おう。また、同じ句会に出る仲間がライバルとなりやすい。「あの人、いつも私のそばから離れないで話しかけてくるのだけど」。私に告げてくる。「まあいいじゃないの。あなたを尊敬しているのだから」。このような雰囲気が立ち込め始めると私はしめしめと思い、知らん顔してその経緯を見守ることにしている。それは誰もが必ず経験するとはいえないが、よくあることだと私は思っている。

辰巳さんと違い、俳句を蟻地獄だと思って苦しむ人もいる。一人一人の顔立ち、姿が違うように、それぞれの育って来た環境や時代も同じだったり違っていたりする。育ってきた環境が違っていれば自ずから感性や考え方が違ってくるのは当たり前なのである。

受け持っているカルチャー教室で、私は一人一人の話を聞くことがある。三十人居れば三十通りの話が聞ける。百人居れば百通りの話が聞ける。なかには、「自分はここに出席しているけれど、ここの雰囲気が好きで来てしまうのだけれど、俳句は作るのが苦手です」と言いながら、ほとんど休んだことがない人もいる。いつもにこにこして皆と一緒にうなずいている。カルチャー教室でも三回に一回は句会をする。苦手と言っていてもいつの間にか俳句を作り、俳句の良し悪しを一人前に論じるようになる。やがて、必ず壁にぶつかる。その壁を乗り越えるか、突き破るか、ともかく句会に参加して自分の位置を常にしっかり確保していくことも大事なことだと私は思っている。七十年以上の俳句生活を送ってきた私も、今もなお勉強し続けているという自負がある。

さあ、ライバルと競って蟻地獄を楽しもうではありませんか。

若者よ

今から五十年ほど前（昭和四十三年）、私は芦屋の山手にある甲南高等学校・中学校の特別教育活動で、中学生たちへ俳句を教えに毎週伺うことになった。私の二人の息子がお世話になっている学校で、夫もそこの旧制高校を卒業している。昔、俳誌「ホトトギス」の同人の長谷川《はせがわ》素逝《そせい》氏が国語の教諭をしていて、夫も国語を習ったと聞いた。素逝は高浜虚子の高弟で、日中戦争で出征し、まだ幼かった私と姉が慰問袋に手紙を添えて送ったこ

とがあった。戦地において数々の作品を残されたなかで、〈**友をはふりなみだせし目に雁**《かり》**たかく**　素逝〉は、忘れられない彼の代表作である。戦死した友を泣きながら葬るとき雁が空高く飛んで行った……。いろいろな思いを重ねながらあえて言わず、「雁たかく」と簡潔に叙した余情の深い一句である。病を得て日本に帰って来られて、甲南病院に入院された時にも見舞った想い出がある。

そのようにご縁のある甲南中学校で、私は俳句を指導する時間を持ち、やがて、教え子の父兄たちの俳句会「紅梅会」が生れ、長い歳月の中で彼らはさまざまな句会に参加し、優秀な俳人に育って行った。一人一人の俳人としての経緯はそれぞれ違うが、最初は中学生の父兄として参加していたのが、今や堂々とした一俳人である。我が家の句会にも何人か参加するようになり、なかにはやる気がありすぎて常識を踏み外す人もあった。ある日、大学ノートに百句を超える数の俳句を書いてきて、私に添削を乞《こ》うた人がある。そばにいた虚子の高弟・田畑美穂女《たばたみほじょ》さんはそれを見て、烈火の如《ごと》く叱《しか》った。「あんさん、何を汀子先生に頼もうと思っているのですか。

添削は自分でして自分で一句を仕上げなければならんのです。これはとんでもないことです」と言われたので、私は何も言わないでただ感謝した。初めて俳句を学ぶ人は、句会に出てその形式の中に馴染んでいくことで経験を積んでいくのだが、熱心な余りこのようなことに出会うことも、指導者は知らなければならない。

俳句は短い詩である。五七五という十七音によって表現できる詩であり、その短い中でどれほど多くの事柄を伝えるための魔法を使わなければならないか。俳句の指導方法は、先生によってさまざまであるが、本人の持っている感性、詩心、器量など、一人一人の持ち味を壊さないような指導をしなければならないであろう。今は、雑誌や講座の添削指導があって、丁寧な指導がされているのを見る。しかし、それには作者の作品という手を入れてはならない部分があるはずで、踏み込みすぎた添削をされた作品は、初めに作った作者のものとしてはならないと私は思っている。添削された作品はその後の作者の作句のよすがとなり、ああなるほど、と作者の力を引き出すための勉強としたいものである。

最近、私を訪ねてきた若者のことに触れたいと思う。彼は、甲南高等学校の図書室で私の本『俳句入門　初級から中級へ』（PHP研究所〈PHP新書〉）を読み、俳句に興味を持ったそうである。俳句甲子園に出場し、特別賞を貰《もら》い、いよいよ俳句に熱が入ってきた。「ホトトギス」に参加し、公益社団法人日本伝統俳句協会にも参加し、K大学を卒業し社会人となってFという一流会社に就職し、日本伝統俳句協会の新人賞を受賞した。総合俳誌から作品掲載の依頼があり、順風満帆であったが、世の中は厳しく、足を引っ張る人が出てきたそうである。

私の場合はどんな状態であっても、挫《くじ》けることはないが、彼はそのことを話すために、私を訪ねて来た。私の答えは簡単である。

「なんと言われようと自分が良いと思う道を進んで、作品で勝負をするのです。二十歳代の優しい若者よ、自然からさまざまなことを学んでいくために、自然が何を語っているか、見逃さない心を養って下さい」。

3章 俳句随想

「俳句随想」は、「ホトトギス」誌の巻頭に三十五年にわたり連載された俳論エッセイです。一九八二（昭和五十七）年七月一日発行の「ホトトギス」第八十五巻第七号（一〇二七号）から、二〇一七（平成二十九）年十二月一日発行の「ホトトギス」第百二十巻第十二号（一四五二号）まで、全四百二十六回にわたり連載されました。初回を左ページに紹介します。

稲畑汀子主宰の折々の方針や、身辺報告、誌友からの質問への回答などが掲載され、主宰・稲畑汀子とホトトギスの俳人たちとをつなぐ貴重な誌面として愛されていました。

本書では、二〇〇一（平成十三）年以降の誌面から、一般の方々にも役立つと思われる記述を、

1　投句・選句・句会
2　季題の教え～花鳥諷詠・客観写生
3　添削と推敲
4　虚子とホトトギス

の四つのテーマに分類し、ご紹介いたします。

（118ページ以降の各文末の年月は、掲載号の発行年月です。）

俳句随想（一）

汀子

本當の事を言ふと私は餘り俳論を闘はすことを好まない。と言つても俳論が不必要だと思つてゐるわけでは決してない。それは作品を鑑賞する場合にも、自分が作句する場合にも、その土壌を培ふ肥料のやうなものではないかと思ふのである。

私は自分をあくまで俳句の實作者であると思つてゐるので、今月號から書き續ける本欄も俳句随想といふことにした。理窟つぽい俳論を排して、作句する汀子として日頃考へてゐる事や雜詠選をしてゐて感じることなどを素直に書いてみようと思ふ。讀んで頂いてゐるうちに私の俳句に對する考へ方が自づとわかつて頂けるやうなものになれば成功と言へるだらう。

一期一會といふ言葉がある。今年はやばやと花を咲かせた我家の牡丹の前に立つて私は改めてその言葉を思つた。去年のそれではなく、昨日のそれでもない今眼の前にある牡丹を表現することが客觀寫生とするならば、それはまさしく一期一會である、と。

昭和五十七年五月一日

「ホトトギス」
明治三十年一月、愛媛県松山で柳原極堂が発行人となって創刊された「ホトトギス」は俳句革新を唱えた正岡子規を中心とする人々の寄稿で毎月発行されて来たが、二十一号からは子規の協力を得て高浜虚子が引き継いで東京から発行するようになった。その頃から「ホトトギス」は単に俳句雑誌に止まらず、文壇、画壇にも大きな影響を与え、多くの文人・画家を輩出する文学美術雑誌ともいうべき活気を呈してきた。また子規の病床の枕頭に於て山会という写生文による文章会が開かれ、それまでの美文調による文体から現在の教科書や新聞などの文体の普及に大きな影響を与えてきた。「ホトトギス」には山会で読み上げられた夏目漱石の「吾輩は猫である」「坊っちゃん」などを始め、伊藤左千夫の「野菊の墓」などの名作が続々と掲載された。虚子・年尾・汀子・廣太郎に連なる雑詠の選は、「花鳥諷詠」「客観写生」の選の現場であり、明治以来現在まで、数々の著名な俳人を輩出してきた。日本最古にして最大の俳誌「ホトトギス」は、令和元年九月に、通巻千四百七十三号を迎える。

1 投句・選句・句会

ＮＨＫ「列島縦断・俳句王国スペシャル」（ＮＨＫ－ＢＳ２）に出演した。この番組は、午前十一時から五時までファックスで投句される俳句をテレビカメラの前で選句し続ける。途中佳《よ》い句があれば取り上げて批評をする。そうして最終的に十句を選び、その中から特選一句を選ぶのである。

私の選んだ十句の中に〈**明日は刈る残菊緩く束ねけり**〉という素晴らしい句があった。記名投句なので小川龍雄《おがわたつお》さんの俳句と分った。私は迷わずこの句を特選に選んで係の人に渡した。間もなく特選句を発表するという手順の直前になってプロデューサーが飛んで来て「電話が入り、あの句は鍵和田秞子《かぎわだゆうこ》の句だそうです。調べる時間が無いので特選は別に用意して下さい」と言った。「この作者は盗作するような人ではありません」。私は断固として主張したが時間が無かった。結局、特選句を差し替えて発表したが、電話をしてきた人の間違いであることが後になって判明した。私が責任をもって選んだ句に対してたった一人の電話で差し替えを余儀なくされたことになる。これからはファックスやインターネットでの句会が増えてくると思うが、意外な弱点もあることを忘れてはならない。

平成十三年二月

ホトトギスの雑詠選に万年一句が続くのでもうホトトギスは辞めたいというメッセージが通信欄に書かれてあることがある。かと思うとここ三か月没で落ち込んでいるという人もある。また何十年ぶりに二句になったと喜んでいるひともある。三句投句であるから、その三句はきっと一生懸命自選された句に違いない。徒《あだ》や疎かには出来ない大事な雑詠選である。出来るだけ善意の選句をしたいと心掛けている。少し添削することもある。作者の独りよがりのために理解出来ないこともある。しかしそれを私が不勉強のために理解出来ないことがないように分らない固有名詞などは調べた上で一句の良し悪しを決める。

一番困るのは類句の問題である。最近も、

「陽炎《かげろう》に伸び縮みして来られけり」

「陽炎に伸び縮みして歩み来る」

があったが下五字の差に前句は視力のよい作者か。稀《まれ》な類句に創句の確率を思う——という通信欄のメッセージであった。これは選者の責任であるが沢山の投句の選をしている時、似た句が出てきても前の句を選んだ記憶は余程のことが無い限り、次の句の選に移るためにその場で忘れることにしている。

類句は短詩型文学の持っている宿命のようなものである。

平成十四年十二月

秋には様々な俳句のイベントがある。それに伴い全国から俳句を募集し、何千、何万という俳句が選者の許《もと》に送られてくる。それはある意味に於いて俳句を広める役に立っているかも知れないが、次々新しい企画が持ち込まれ、選者の能力の限界である。私はホトトギスのためになるのなら、又は筋が通っているのはお引き受けしているがもうギブアップである。ここには類想の問題もあるのは勿論《もちろん》であるが、最近次の様なことがあった。

葡萄《ぶどう》のイベントの募集句をした県の行政関係者から電話があり、私が特選に取った句に対してお訊ねがあった。「実は、先生の特選の句で『熟れ過ぎは土に戻してぶだう狩』についてですが」。私はすぐに「類句になるのですか」と尋ねた。「いいえ、実は我々のぶどうの収穫は熟れ過ぎてということはありません。実の固い内に剪《き》って出荷するので、この句が賞の対象になると困るのです」。私は何か腹が立ってきた。「そちらの葡萄園を詠《よ》むという募集をなさったのですか」「いいえ」。

私は前に葡萄狩をしたときに葡萄棚に入ってぷんと饐《す》えた匂いがしたのを思い出し、この句に共感を覚えたのである。この句は他の選者にも入選していた。俳句を知らない行政側がどのような対処をするかは分らない。

平成十五年一月

ホトトギス雑詠裏面の通信欄を拝見して色々なことが分かって来る。「……ホトトギス門下にありながら我が市のホトトギスは二つに分かれています」とある。「テレビや写真を見て作句するのはよくないと言われておりますが……その内容を過去に経験しておればよろしいのでしょうか」、また「……俳句随想は、必ず心して読んでいます。投句も自作、自選、投句の句の選び方に迷っています」、また「俳句をつくり始めて年月は長くでもいっこうに上達ありません。手っとり早く何に重点を置くかゞ中々会得しがたく困って居ります。身辺句と言っても変った事もありません」、また「⑴素顔の俳句をつくること。⑵なんとかホトトギスに二句載せてもらえるように作句すること。⑶自らの信ずる俳句を作ること。こうした考え方でよいのでしょうか」。これらを拝見しながら私は選句の手をとめて考える。

ホトトギスの雑詠の出句を迷いつつ選ぶ事を楽しみにして頂きたい。何度も読み下し推《すい》敲《こう》するのはご自分の力である。そして、自分が良しとする俳句を丁寧に書いて我が子を送り出すように送って頂きたい。一人歩きして来た俳句を私は善意を持って拝見する。何句入ったと数にこだわるよりも、自分がよしとした句が載っているだろうか。　平成十五年二月

『ホトトギス 虚子と一〇〇人の名句集』（三省堂）が出版されて、多くの方からお便りを頂く。ホトトギス投句用紙の裏の通信欄に意見を書いて来られる方も多い。殆《ほとん》どの人が「バイブルとする」。「俳句というものが分ったような気がする」。と言われる。中には「自分で好きな句に〇をつけているが、〇だらけの作家と〇が一つもつかない作家がある」。「俳句はうまいが思想の浅い作家がいる」。などの意見もある。

この意見に対しては虚子《きょし》の『俳句への道』の中の「選句について」という文章を一読されることをお勧めしたい。それには、「先ず私は俳句らしいものと、俳句らしくないものとを区別する。その思想の上から、またその措辞《そじ》の上から。思想の上からは大概なものは採る。……措辞の上からは最も厳密に検討する。材料の複雑と単純、ということになると比較的単純なものを採る。俳句本来の性質として単純に叙して複雑な効果を齎《もたら》すものを尊重する」。

年尾《としお》の選も私の選も同じである。このようにして選ばれた名句の集積がこの書なのである。

平成十六年八月

ホトトギスは俳句の道場である。月に一度投句されて来る雑詠三句の作品は、作者が一月の間、切磋琢磨《せっさたくま》して作った句をこの作品はどうかと私にどんどんとぶつけてくる作品群である。その中にはどこかで特選になった作品も入っているかも知れない。勿論ホトトギスの雑詠欄は、自分の作品であればすでに投句されて掲載された作品でもよい。ともかくホトトギスの雑詠欄に自分の作品として残したい句を投句し選者の稲畑汀子が選んで載せるのである。

しかし人の名句を真似して作った句はそれが分った段階で取り消す。類句然り。類句と気がつかないで投句され私がそれを選んで後で判った作品も取り消す。本人が正しく書いたにも拘《かかわ》らず誤植があり、それを指摘して来られた作品に対してはお詫びをし訂正をさせて頂く。ご本人が間違って書いて来られた原稿は選句をするときに私の独断で訂正することがある。しかしそれは捨てるにしのびない句だけである。ホトトギス雑詠欄は昭和五十二年から二十七年間、このようにして稲畑汀子選で掲載されて来た。

平成十六年十月

東海ホトトギス同人会の私の特選句の中に次のような素晴らしい句があった。〈**遅桜それも散りつゝありにけり**〉。見事な花鳥諷詠《かちょうふうえい》の句である。勿論私は特選に選んだ。東海ホトトギス同人会は伊賀上野《いがうえの》（今は伊賀市となった）のホテルで開催された。私は車を運転して大阪を抜け西名阪を通り東名阪へ到る伊賀路を通って行った。ぐんぐん山が深くなり、遅桜に彩られた見事な山路が続いた。それは期待していなかったこともあって感動の連続であった。そして先の掲句に出合った。

句会が済んだあと四五人が寄ってひそひそ話をしている。耳に入ってくる言葉に類句というのが聞こえたのでその一人に尋ねた。「先生、あの遅桜の句はもう前にある句ですよ」。私は彼等に言った。「発表されたものを見るまでは軽々しく言わないで下さい。同じ句ならば、後から作った人が自分の句帳にだけとどめておけばいいのです」。私は家に帰ってすぐ書庫に入って探し出した。〈残花ありそれも散りつゝ迎へくれ〉という句があったが、この句に対して掲句を類句とする訳にはいかない。作者の作った立場がぜんぜん違うからである。

平成十七年八月

俳句は短い詩である。その短い十七音から句評を引き出すのに時に間違った解釈をしてしまうこともある。平成十六年五月号に載った一行評について、それは間違った解釈であると指摘頂き、詳細の書かれてあるパンフレットを頂いた。その句は〈**もみづりて投入堂を秘めし峨々《がが》**〉という句であった。「峨々と立つ崖《がけ》の上に昔死者を投げ入れた堂の辺りの見事な紅葉」と私は評を書いた。投入堂を私は知らなかったので、作者に尋ねればよかったのであるが、私は句評をする時、その一句から自分の解釈をするべきだと思っているので、投入堂が載っている本を探したが判らなかった。パンフレットにはそこは修験者たちの行場として役《えんの》行者が開いたとある。評を書いた時の記憶であるが、倒れた修験者の遺体を投げ入れたと言うのを何かで読んだのがそれに結びついてしまったのか。投入堂へ辿《たど》りつくとそこは浄土を思わせるとパンフレットにある。その時やはり作者に聞いて句評することも大切だと思った。この句の作者は一年以上の間、鬱々と思われていたに違いない。心からお詫び申し上げたい。投入堂とは鳥取県三朝《みささ》町にある三徳山《みとくさん》霊場の一番高い所にあって国宝になっているそうである。

平成十七年十月

次のような葉書を頂いた。

「……前略。……中略。

所で○月○日の『朝日俳壇』第一句にご選句の

稲刈りて名もなき草に日の当る

の選句について、いささか疑問があります。確かに、一般に雑草を『名もなき草』と言いならわしていることしばしばですが、有名な昭和天皇のエピソードに側近が『名もない草が……』と申し上げましたら、生物学者の天皇が『この世の草のほとんど全部にすべてもう名がついているのだから、そういう言い方はしない方がいい……』と仰られたということがあった由。句の世界の用語と、現実社会とは少々違うことは小生も少し駄句を作りますので知ってはいますが、やはり朝日の冒頭にくる句ではないと存じます。……以下略」

私はこの句の「名もなき草」がいいと思って一句目に置いた。俳句は詩である。どの様な表現でも詩情が深ければ可とし、詩情を感じない生（なま）の言葉は没にする。生物学ではそうかも知れないが、「名もなき草」はまことに詩情の深い言葉である。

平成十八年二月

「汀子特選に選ばれた自分の俳句をある人が下五字を少し変えてその人の句にしてホトトギス雑詠に投句している」という訴えの手紙を頂いた。初めは何のことか理解に苦しんだが、いろいろ問い合わせてみるとその人は盗作を平気でする人だと多くの人から言われているらしい。考えられない俳句の作り方である。その様な方法でしか佳い句が出来ない人は何と気の毒な人であろうかと私は思う。

初めて俳句を作るとき、先ず真似事から入るか、又は自分の考えを自分の言葉で十七文字に纏《まと》めるか二通りの作り方がある。芸術は真似事から入るとも言われている。しかし例え最初がそうであってもやがて自分の言葉、自分の感性で作るようにしなければならない。

初めから真似をしないで来た人は初めは稚拙であってもそのまま順調に佳い句に到達できるであろう。真似事から入った人は自分の俳句への脱皮がまぬがれがたく苦しい試練となる。それを乗り越えなければ作家にはなれない。真似した句は自分の句ではないのである。自分がどのような俳句の作り方をしているか。一度振返ることも大事である。必ずスランプという壁が待ちうけている。その時が佳い作家になれるかなれないかが試されるチャンスである。

平成十八年九月

俳句を募集するイベントの数が驚くほど増えた。それらの多くには賞金が付いている。中には百万円単位の賞金が付いているのもある。明治初期の宗匠たちの点取俳句の興行が横行した様相に似てきたようで心配である。明治の始めには、しっかりした宗匠が相次いで亡くなる一方、俳諧《はいかい》人口は急激に膨張したのである。点者《てんじゃ》達はそれを当て込んで盛んに興行を行い、それに応募する者は当て込みの俳句を投句する。このようにして俳句はどんどん堕落して行った。旧派の宗匠の中にはこの風潮を是正し、俳句を改革しようとした三《み》森幹雄《もりみきお》のような人も居たが、教部省によって俳句教導職に任命された彼の取った方法は芭《ば》蕉《しょう》を神格化し、芭蕉の像を作って崇めることを進めるというものであった。「芭蕉に返れ」という文学運動ではなく、「芭蕉教」という一種の宗教を作ろうとしたのである。かくて旧派の俳句は更に混沌《こんとん》としたのである。

子規《しき》はこの状況を見て俳句を革新せねばならぬと決心したのであった。そのことをよく知る虚子は懸賞俳句には断固反対であった。年尾も私も同じである。

平成二十年六月

俳句会に参加する方の人数はその会によって違うが、虚子の時代、年尾の時代には人数の多少に関わらずそこにはある緊張感が漲《みなぎ》っていた。「俳句会へ行くのは戦場に赴く心持ちで行く」と虚子は言っていた。締切時間が迫ってくる時には、誰もが私語を慎んだ。

句会が始まると黙って回ってくる句稿に目を通し、佳い句は書き留め、次の人に渡す。同じ早さで回ればいいのであるが、書き留める句の数によって時間がかかることもある。手元に句稿が無くなれば私語が始まる。ひそひそ話は案外遠くまで聞こえて来る。

学生時代、私が寄宿していた学校は、特にお喋《しゃべ》りに対して厳しい規律のある学校であった。特別の部屋に六人程でタイプライターの自習をしていた時私達は時々お喋りをしていた。ドアが開いてマザーギブスが顔を出して「キープサイレンス！」と一喝された。ドアが閉まった途端に「何も悪いことを喋ってなかったわねえ」という声があがり思わず相槌《あいづち》を打っていたら、又ドアが開いて「悪い事を言わなくってもお喋りがいけないのです」と厳しく叱《しか》られた。

自分達の選句が終っても、まだ終わらぬ人が居たらどうぞ私語を慎んで頂きたい。

平成二十年十二月

俳句大会が各地で催され、様々な賞があって表彰を受ける。そこに至る段階で選考会が開かれ、自ずから類句の問題が提起される。これは短詩型文学の宿命的な問題であって、その是非を問う判断は選者に一任されることになる。選考会では先ずその問題から始まるのである。類句か類句ではないかということは余り神経質になることはないと私は思う。盗作は言語道断であるが、類句は出来ないほうが不思議である。同じ見方、同じ考え、表現の類似、捉《とら》え方が同じであっても不思議はない。しかしその中から名句は生まれない。

新しい発見、新しい表現を望む余り、奇異な表現をする俳句を見ることがある。言葉は大事である。日本語の美しさを発見し、追求して行けばきっと素晴らしい作品に仕上がるであろう。人の作った俳句の表現を使うのは残念ではないか。と言っても発見した表現に特許権はない。使っていけない言葉はないが選者の判断でこれを類句とみなすかそうではないかと判断して責任を持つ。

○○の句は間もなく発表される○○賞に選んだ一句に類似している。という申出があったが、まるで発表の早いもの勝ちのようである。そのどちらも秀作ではないであろう。

平成二十三年十一月

俳句の上手下手はどの様にして判断できるのだろう。作者が分って初めて価値の出る作品もある。他人が作った俳句を批評するときは善意に解釈しなければならないと高浜年尾はよく私に言っていた。自分の好みを他人に当てはめて俳句が下手だという評をする人がいるが、それは自分の勉強不足を露顕したようなものである。その人でなければ作れない俳句を志している人もいる。俳句作品に対して感想を述べる、批評をするのは余程広い知識と経験がなければならないであろう。

今、日本では俳句を募集してイベントを開催することが驚くほど多い。特に、一年の後半に何千何万という句稿が選者の許に送られて来る。殆ど無記名であり、似たような句も多い。選を終えると選んだ句に対して類句の有無を調べる。発表した後も取り消さなければならない事態が起こる。実際、似た俳句が出来ないほうが不思議である。人間の考える事柄、自然の情景、状態などはそれ程異質なものではないであろう。素晴らしい俳句を詠まれた一句一句を鍵を掛けて仕舞って置く訳にも行かない。短詩型文学の宿命を担っている俳句に個性豊かな作品を期待してやまないのである。

平成二十四年二月

新聞俳壇で私は〈**残暑とは秋の暑さと又違ふ**〉という句を選び次のような短評を書いた。「残暑ではあるが秋の暑さではないと感じた作者」。

それに対して俳句教室で教えているという方から手紙が寄せられた。「会員から、この句は先生の善意の解釈でなく、ストレートに読めば説明句であり、どうしても戴けないと申し出がありました。私自身も常々教室で申し上げていることなので返事に窮しました。因《ちな》みにその会員の句は〈何時《いつ》までも異常気象や秋扇〉です」とあった。

「残暑とは……」の句は私にはよく分り、大変面白いと思う。

俳句は短い詩であるから、同じ句を読んでも皆が同じ解釈になるとは限らないし、又訓練によって解釈力も上ってくるものなのである。同じように理解出来ない初心者がいてもそれは当然なのである。それを指導者はどのように指導していけばよいかよく考えて欲しい。

選も又創作なりと虚子は言った。選者の選と解釈によって生きる俳句であることは選者にとって俳句の選の醍醐味《だいごみ》なのである。

平成二十五年二月

ある句会で一字一句違わない句があり、その句が誰かの選に入って二人が同時に名告《なの》った。漢字を使っていること、送り仮名すべて同じであった。それに気が付いて私は選ばなかったが、互選に入った。二人とも声を大にして譲らなかった。その他の発想の句で似た句が四句あり、私は何れも選句から外した。

兼題に「粕汁《かすじる》」「冬木立」、席題に「短日」「初雪」と出ていた。似た発想の俳句が沢山出て来たのには驚いた。最近、大きな大会の募集句の中で、入選した俳句を類想句ではないかと調べる。そしてすでにある俳句であれば入選から外すという作業がなされるが、ある募集句で、入選した句に同じ着想の句があるが、どこまでが許容できるかと尋ねる作業があった。同じ感覚を持つ人間であり、ものの見方、感じ方が同じ発想となることがあるのは当然のことである。それを恐れては俳句は出来ない。もし、同じ句が出来たならそれは自分の句帳に大事に仕舞って置いて欲しい。でも同じ発想のその句は秀句にはならない。一般的な発想の句としての評価となる。

初めから名句を真似て作るのは言語道断。その作者に作家としての未来はない。最近、私の句をばらばらにして組み立て直したような句を見てがっかりしたことがある。初心者は初めは真似るという所から始めることも一つの方法かも知れないが、表現が拙くても、一歩一歩自分の表現、自分の考え、自分の言葉で短い詩、俳句を作って、すでに似た句があればそれは自分の句帳に仕舞って欲しい。

平成二十七年三月

選句について書いて欲しいとの依頼を受けて、書きはじめたのであるが、書きはじめると次々書きたくなることが出てきて、はや、一年分をざっと書いてしまった。今まで余り選句について書いていないことに気づき、選句の大切さを再認識する機会になったのではなかろうか。それは案外見落としていた分野で、唯、選者任せなどというのではなく、作者も選句を通して作句の糧にするべきだと痛感した。北海道で大会があり、一人の作者が私の側に来られて、選者の選に入らなかったが、自分の選句と先生の特選が合ったので嬉《うれ》しかったと言われるのを聞いて、その作者がどの様な俳句へ対しての勉強をして来られたか判って感心した。俳句は作るだけが勉強ではない。また、色々な知識、自然の素晴らしさや精緻《せいち》な発見。人が作った俳句の良さから学ぶことに自分の勉強方法を広げる、さまざまな勉強があることを私も学んだ。

しかし、してはならないことも沢山ある。人の作品の一部を貰《もら》ったり、真似事をしたりすることに馴《な》れてしまうのは恐ろしい。自分の発想がたまたまそのようなことに当てはまったならば、それらは潔く捨てなければならないであろう。すでに、これまで作られた俳句は限りなく多いと思う。同じ発想を持つ人は沢山いるのではないかとも思う。自然に同じ発想の句が出来たなら、それは潔く自分の句帳にだけ残しておくのもいいが、私は自分の句帳からも消して仕舞うのがよいと思っている。

平成二十七年八月

「『花は葉に』は歳時記にはありませんが皆さん使っております。『葉桜』の傍題でしょうか？『花』と『葉桜』の中間のような気もいたします。これからも使ってよろしいでしょうか」ということが通信欄に書かれてあった。花（桜）が散って葉が出てくることを「花は葉に」と表現することはよくある。傍題には載ってないが、もし名句があったり、季題、或いは傍題にする必要があれば歳時記の改訂の時に新季題候補として取り上げたいと思う。しかし、「花」自体が大きな季題となっているので、別個に立てる必要があるかどうか議論されるであろう。

先日、ある句会で「良夜」という兼題があった。色んな名句がある中で、〈老人の行きつ戻りつ良夜かな〉という句が清記されてあった。どなたかが選んで披講《ひこう》された。作者の名告りが無かった。何度か披講されたが返事がない。ふと、私が出した句の〈考への行きつ戻りつ良夜かな〉と、中七下五《なかしちしもご》が同じなのに気が付いて、もしかしたらと申し上げた。「考へ」が「老人」として清記《せいき》されたのであろうと気がついた。私の「考への……」を書く時に辞書を引いて、送り仮名の「へ……」を確かめたのも思い出した。私の字が乱暴だったに違いない。投句する時、清記する時、短い詩である俳句の落とし穴がそこにはあったのである。清記者だけの責任にするわけにはいかない。俳句は短い詩であるから、短冊に書くときには字を楷書《かいしょ》でしっかり読みやすく書くようにしなければと思った。

平成二十八年一月

左より、大久保橙青、粟津松彩子、山口青邨、稲畑汀子。芝・増上寺にて。

2 季題の教え ~花鳥諷詠・客観写生

「神の留守」という季題について「留守詣」だけではいけないかという質問があったので私はこの欄に「神の留守詣」と言った方がよいと答えた。それに対して又手紙を頂いた。虚子選『ホトトギス雑詠選集』には「神の留守」の中に「留守の祠《ほこら》」「留守詣」の例句があるというのである。例句は〈**吉田屋の庭にも留守の祠かな**〉と、もう一句は〈**たまに来て熊野三社の留守詣**〉である。明らかに神の留守と分る名句である。

私は「……留守宮詣は一句の出来の良し悪しで判断したい」とも答えている筈《はず》である。季題・傍題が定着するためには例句が大切である。あくまでも歳時記に載っている季題・傍題が基本的な判断になるが、絶対それしか認めないのではない。一番大事なのはその俳句が良いか、季題が働いているか、「留守詣」で良い場合と良くない場合が出て来るのは当然であろう。そこは選者の裁量に任せるしか仕方がないのではないか。

季題のことを書くと鬼の首を取ったように投書が舞い込む。どうしても「留守詣」で作りたいなら自分がよしと判断して自信を持って名句を投句して頂きたい。

平成十三年四月

北海道の俳人からお訊ねがあった。季題のことである。本州にはない現象が特に厳しい寒さの時などあって、それを俳句の季題として詠みたいがどうであろうか、という質問であった。新聞の写真も添えてある。「幻氷」（蜃気楼）が流氷の沖に見えるのだそうであるが、「幻氷」を季題にしていいか、オホーツク又は宗谷、或いは最果などの「蜃気楼」とするべきかという質問である。

他にも、「ダイヤモンドダスト」「サンピラー」「凍裂」などという北海道ならではの厳寒の現象を表現した言葉がある。私は一句の出来の良し悪しで判断したいと思う。どんど使っていいのではないか。ただこれらの中で「サンピラー」はまだ理解出来ない。直訳すると「太陽の柱」と言うことになるが、それが寒さの中での現象として季題の働きをするにはまだ少し無理に思う。他の例は我々にも想像出来るし、季題にやがてなるためにそれらを季節の言葉として作ったらいいのではないか。

季題として歳時記に収録されたものはそれなりに理由がある。もう一度歳時記の序文を読んで季題の経緯を理解して頂きたい。

平成十三年八月

「俳句王国」の視聴者から手紙が来た。内容は十月十三日に放映された番組で私が出した季題「秋の山」についてであった。参加した人の句の中に「山の秋」と使っていた句があった。私はその句を選ばなかった理由として、「山の秋」と使う時は、まだ下界では暑く残暑が去らないのに山には早々と秋が来ているという雰囲気《ふんいき》があり夏を引きずっている頃の感じがする、と言い、その句は「秋の山」と作った方がいいと解説した。それに対して手紙の主は「秋の山」も「山の秋」も同意義ではないかと言ってきたのである。「秋の山」は傍題に「山粧ふ」がある。紅葉した山の姿で、時期は十月に設定されるが、秋三か月に渡る季題である。が、どう考えても「山の秋」は少し時期が違うと思う。「山の秋」は虚子編『新歳時記』にも『ホトトギス新歳時記』にも傍題としていない。虚子に〈**選集を選みしよりの山の秋**〉があるが、これは夏の暑さを逃れ山中湖畔の山荘で選集を選ぶ仕事を終えて山の秋を感じたのである。作った時期も八月である。しかし「山の秋」はまだ季題としては未成熟な段階だと思う。

「夜の秋」という季題があるが、昔は「秋の夜」と同じ扱いをしていた。虚子が後に晩夏の頃に設定し直したという例もある。

平成十四年二月

ホトトギス誌の雑詠の裏の通信欄に次のようなご質問を頂いた。「むかし虚子先生は句作の信条として客観写生を提唱されましたが（年尾先生も）今はそのような言葉は聞かれませんが何を信条としておられますかお尋ねいたします」とあった。

私は客観写生の技を磨くことを提唱している。しかし一般的には虚子や年尾の提唱した客観写生の本当の意味を理解していないのではなかろうか。

「ＮＨＫ俳壇」で五年間書き続けた俳論を一冊に纏めた『俳句十二か月～自然とともに生きる俳句～』*の中の「写生とは発見、描写」で虚子の言葉を引用しながら解説したのをお読み頂きたい。写生と言うと事物をありのままに描写することだと考える人が多いと思う。「俳句の写生といふ事は四季の万物の相を見て、その中からある映像を取出して来る事をいふのである」。万物の相とは作者の心の働く前の姿であるが、写生とはそこに作者の心が働いて、作者が小さい造化となって小さい天地を創造するのである。小さな天地と万物の相（大なる天地）とは同じものではない。十七音に纏める訓練は必要であるが、心の中に小さな天地を生み出す訓練をしている人は少ないのではないか。正確に描写するだけでは客観写生の半分に過ぎないのである。

平成十四年十月

＊品切。『ＮＨＫ俳句 花鳥諷詠、そして未来』（ＮＨＫ出版）に再掲載しております。

《通信欄》のご意見の中に「最近、句の中の『情』というものの大切さを痛感しておりま
す。客観写生の中の厚みの一部であってほしいと思っております」と書かれたのがあった。
この言葉に関する限りでは、全くその通りで問題はないように見える。
しかしこの言葉には一歩間違うと容易に落込む陥穽《かんせい》が口を開けて待っているような気が
する。曽てこの欄（141ページ参照）で私は虚子の言葉を引用して、「『俳句の写生といふ事は
四季の万物の相を見て、その中からある映像を取出して来る事をいふのである』。万物の
相とは作者の心の働く前の姿であるが、写生とはそこに作者の心が働いて、作者が小さい
造化となって小さい天地を創造するのである」と書いた。つまり作者が小さい天地を創造
する時点で感動なり、情なりが生れているのである。後は小さい天地を客観写生するだけ
である。情は表に表現するものではない。自ら一句に現れるものなのである。

平成十五年三月

厳しい残暑が続く秋。彼岸が来れば涼しくなるであろうかと期待する。台風も早々と日本列島を脅かし、それに伴う大雨による水害はとどまるところを知らない。世界もおかしい。大きな地震が起ったり旱魃《かんばつ》が続いたり、地球は病んでいるのであろうか。こんな時、自然と共に生きている我々はどのようなことが出来るであろうか。少なくとも地球を脅かす自然の姿を俳句にしっかり捉えていくことは出来る筈である。我が家の庭の合歓《ねむ》の木は秋になっても毎朝花を咲かせている。芒《すすき》が青々として葉が伸び穂がなかなか出てこない。目の前の自然の草や木々の異変はすぐに分る。この合歓の花は返り花と詠んだらいいだろうか、と俳句会の時に質問を受けた。

返り花となると冬十一月の季題である。しかしそのように思ったら作ってみてもいいと返事をした。〈**仲秋のまぼろしならぬ合歓の庭**〉という句が廻ってきた。随分苦労して作られたであろう跡が想像されて、私はためらわず特選に選んだ。後の世の人がこの句を見れば今の状態を理解してくれるのではなかろうかと思う。

平成十九年十二月

虚子は「季語」とは言わなかった。かならず「季題」と言った。「季語」という呼称を初めて用いたのは大須賀乙字《おおすがおつじ》であった。しかし連歌、俳諧、俳句において季を表す詩語は「季の詞《ことば》」と呼ばれ中世の昔から存在した。乙字は「季感象徴論」の中で「具体的に俳句中に詠まれ季感を形成する中心的景物を季語とする」と新しく定義をしたのである。もしこの定義に従うならば「季語」の数は容易に増加するだろう。乙字は碧門であったが碧梧桐《へきごとう》が「無中心論」を発表するとこれに強く反対し、更に反新傾向を標榜《ひょうぼう》し、守旧派として俳壇に復帰した虚子に対しても批判攻撃を加えたが、乙字の季語論もその辺に端緒があったと考えられる。

一方「季題」は連歌において、一座に対する挨拶《あいさつ》として発句《ほっく》に当季の景物を詠み込む作法が定着し「季題」が発句を詠む必須の条件となった。簡単に言うと「季題」は発句に起源を持ち、「季の詞」(季語)は付句に起源を有するのである。虚子が「季題」と言って「季語」とは言わなかったのも、俳句は本来発句であるという心によるのである。

平成二十年十月

俳句は日本固有の文芸である。世界で一番短い詩、五七五の十七文字から成り、短くて何程のことも言えない。と言っても、その中に大きな意味が含まれ、大きな世界が詠めるのは、季題の働きを借りるからである。季題に語らせるということこれも日本独特の自然に対する日本人の思いや作品の蓄積があるからである。

ドイツ・ミュンヘンの俳人ギュンタ・クリンゲ氏は毎年のように日本に来られ、俳句に造詣が深かった。ご自分も三行詩と称してドイツ語で作って居られた。

日本の俳句を深く知りたいという熱心な思いを持たれ、日本人であっても深く考えていない人が多い中で真面目に様々な質問をされた。

「ドイツ人は自然だけを詠むのではものたらないと思っている。思想、人間、恋愛などを詠んではいけないか」という質問を真面目にされた。私は次のように答えたのである。

「勿論、日本人もそれは考えていると思います。でも、それらを詠む方法として、季題に語らせるのです。感動を述べるのではなく感動に誘われたものを描写する。俳句は季題が重要な力を発揮するのです」と答えた。加えて省略の技に及び、一句の背景として感動したものが伝わるということを申し上げた。

平成二十二年八月

俳句は季題を詠む詩である。季題を大事にすることで俳句の良し悪しが分かれるといっても過言ではない。最近、季題について気になる幾つかのことがあるのでそれについて触れたいと思う。それはこの場で何回も触れたことであり、それを読んで下さった方には又か、ということになるが繰返し申し上げることにする。

「若葉」「新樹」「晩夏」という季題は、誰もが親しみ分かりやすい季題であり、身近な季題として多く使われる。「若葉」は木々の葉になる芽は季節の推移と共に春から初夏に向かう明るい日差しも含めた印象を与えてくれる。「新樹」もそれらの明るい若々しい木々の様子が見える。それなのに、何故……、「若葉光」であったり、「新樹光」と光をつけるのであろうか。十七字という短い詩である俳句に、詰め込むように「光」は要らないのである。「晩夏」という季題につけるのも意味がない。「晩夏」という夏が終わらんとしている時期の季節感には、もし光という表現を入れたいならば別に入れて光に意味を与えて欲しい。「花屑《はなくず》」「落花」という季題を嫌って「花筏《はないかだ》」という表現に置き換える俳句に出会う。「花筏」という植物がある。これまではそれを詠んできたので私は簡単に容認出来ない。「花屑」として詠んで欲しい。

平成二十二年十月

季題についての質問が後を絶たない。特に歳時記の説明を浅く解釈して、一字一句歳時記に載った表現を使わなければならないと思っている人がかなりいるようである。

今回の質問は「春の夜」という季題について、首題のルビに「はるのよ」とあるから、「はるのよる」と読んではいけない。従って下五に「春の夜」と置かれた俳句は字足らずである。と或る総合俳誌の添削氏が言っており、添削氏は下五に「春の夜」とある句は「春の宵」と変えるようすすめているが、どう思うかという質問である。質問氏は会員にそう聞かれたので返事をしなければならないというのである。

何という狭い考え方であろうかと思う。「春の夜」は正しい日本語である「はるのよる」と読めばよいに決まっているではないか。

歳時記の例句として下五に「春の夜」と置かれている俳句は「はるのよる」と読んでよろしいという意味を込めて例句が載っているのである。「春の夜」を「春の宵」に変えるなんてとんでもない。

平成二十三年四月

東日本大震災は大変な災害となり、死者、行方不明者、負傷者合わせて三万にも達するかという被害を告げている。加えて原子力発電の事故である。放射能が洩《も》れだし収拾のつかない大惨事となりそうな恐ろしい現実である。被害に遭われた方々には慰めの言葉も無く、我々が出来る限りのお見舞いと思っても何が出来るだろうか。

俳句は自然を詠み、人間を詠み、人間の生活を詠む短い詩である。何程の事も言えない俳句であっても、季題が事柄を代弁して大きな事を一句の背景として伝える事も出来る。

今回、地震、津波、原発の脅威などを詠もうとしても、よほど季題を考えて季題に思いを托《たく》さねばならない。ニュース性のある事柄を詠むのは、社会性俳句と言って花鳥諷詠俳句とは違うかも知れない。しかし、この度の災害は人間の生活の中に土足で踏み込んで来た自然の姿でもあるように思う。原発は人災であるが、それでも、地震や津波で放射能が洩れだしたのであるから、自然の脅威の下で起こった事に違いないのである。

十六年前の阪神・淡路大震災の渦中にあった我々は仲間たちと共に沢山俳句を作った。俳句を作ることで心が冷静になれた。今回も災害を直視して、自然と向き合いたいと思う。すでに多くの人が大震災の俳句を作って被災された方々と悲しみを分け合っている。

平成二十三年六月

俳句の季題を集めて掲載している歳時記には、その時期に咲く花の名前を全て入れているわけではない。また、俳句に詠みがたい花もあり、季節がはっきりしていないのも載ってはいない。しかし、時期がはっきりしている花はそれを季題として詠むことは吝《やぶさ》かではない。やがてその花の名句が例句として出来たならば歳時記に新季題として採録されることになる。日本列島原産で白いふさふさした花の樹木はトネリコという。こんな美しい花を一句に詠みたいと思っても歳時記に季題として載ってないので残念であると言われた。私は迷わず「それはどんどんお作り下さったらいいですよ」と申し上げた。やがて季題として定着する日があると思う。季題として収録するためには、その言葉に季節感があること。季節がはっきりしていること。例句があること。などが必要である。現在、気象庁関係者などが二十四節気について相応《ふさわ》しくないものの名称を変更するようなことを言っていると聞いた。中国から渡ってきたものであり、季節の遅速はその年々によって、合わないのも出て来るかもしれないが、その基本を動かして仕舞うと毎年違ってしまうのではなかろうか。例えば立春が変わると四季がなくなってしまうのではなかろうか。やたらに動かして欲しくないと思う。

平成二十三年九月

最近、季重りについての質問を受けることが度々ある。その度に私は次のようにお答えする。「出来れば初心者は一句に一つの季題を使った方がいいかも知れません。でも一つの季題を強調するために、或いは修飾するために他の季題を使っても一向に構わないのです。それは一つの季題を助けるために使うことになるからです」。

有名な季重りの俳句がある。

〈**目には青葉山ほとゝぎすはつ鰹《かつお》** 山口《やまぐち》素堂《そどう》〉この季題は何であるか。「目には青葉の美しい季節になった。山では頻りにほとゝぎすが鳴きはじめた。さあ、初鰹の美味しい季節になりましたよ」とこのように解釈してこの季題は初鰹なのである。季重りが良くないと言う指導者は初心者に対してのみ散漫な俳句にならないように指導されるのであろう。短い詩である俳句は主の季題が働いて名句になる。一句が割れたりばらばらになって意味が散漫になってはならない。それを憂い季重りを避けようとする指導者もいるのだと思う。

今、私は『月』という句集を編むために、句帳の整理をしている。季重りも結構ある。しかし「月」を主題にする句を集めている。

平成二十三年十月

俳句は短い詩である。言いたい事があっても何程のことも言えない。十七文字の中に詰め込めば詰め込むほど散漫になり余韻のない乾いた感想に終ってしまう。であるから、省略ということがとても大事になってくる。長年俳句に親しみ、俳句を詠み、俳句を選んでくると、一句の余韻から伝わって来るものが作者と読者の心が通い合う絆《きずな》の役目を果たすようになる。大した事を言ってないのに何故様々な想像が一句から湧き上がって来るのであろうか。それが短詩型の素晴らしさであり難しさなのである。虚子の名句に〈**白牡丹《はくぼたん》といふといへども紅ほのか**〉がある。名句があるとそれを越えた牡丹の句は中々出来ない。

今年の日本伝統俳句協会全国俳句大会の募集句六千余句の中から大会大賞に選ばれた秀句は牡丹の句であった。〈**牡丹の風とも風の牡丹とも**　辻美彌子〉。虚子の句は色が主体となっているが、牡丹の動き香りも伝わってくる。大賞の句も余韻として牡丹の華やぎと甘い香りを風が見事に伝えている。それらは全て単純な描写によって語られ、その部分から余韻として伝えるという俳句の極意が余すところなく発揮された。

この句は選者の三人が特選に選び、二人が入選に選んでいる。

平成二十三年十二月

「天地有情」の裏にある通信欄のご質問は出来るだけお答えしたいと思って読ませて頂く。お便りもある。難しい質問があっても私の考えで答えさせて頂くのでご承知頂きたい。「秋天のかすむ」としたのですが「かすむ」は春の季題で合わないとされたのですが、霧では山は見えませんので漢字ではなく仮名の「かすむ」としました。と書かれてあった。霧、霞、靄《もや》などの自然現象には、季題として秋の「霧」、春の「霞」がある。何れも水滴によって出来る現象であるが、昔は厳格に「霞」は春、「霧」は秋と限定されていなかったと広辞苑に書かれてある。現代は俳句の季題として春は「霞」、秋は「霧」とされているが何も季題として取り上げない使い方もあるであろう。秋は空気が澄んでいるが、霞むこともあるであろう。それを「霧」と言わねばならないことはないと私は思っている。

作者が漢字を使わずに仮名で表現したのはいいと思う。「霞」と書けば春の雰囲気になるが、その現象を「霞」とか「霧」とか作者がそう思ったならそのような表現をすればいいと私は思っている。北海道の太平洋側に六月頃湧く霧を「じり」という。瀬戸内海は秋に「海霧」が湧くのを「ガス」と言う。歳時記会議で苦肉の策として「じり」と平仮名に納めた。

平成二十四年三月

虚子が俳句を「花鳥諷詠詩」と言ったことをただ風流の戯言という人が居る。それは本当の「花鳥諷詠」を理解せず、ただ表面の言葉だけを見て上辺の事しか解釈できない人がいるのには驚いた。ホトトギスで勉強している方々はそんなことはないであろうが、花鳥に代表される自然を全て包含した花鳥でなければならない。また、「客観写生」を狭く解釈して、景色のスケッチのようにしか理解出来ない人もある。客観写生と言っても、それを描く人の位置がはっきりしていなくてはならない。すなわち、そこには主観という描く作者が居るのであり、客観写生というといえども主観の範疇《はんちゅう》にあることに間違いない。また、十七文字という短い表現のため、何程のことも言えないが、そこには季題に語らせるという方法があり、季題の持つ広くて深い意味が俳句の解釈を広くし、多くの事柄が伝えられるのである。

また、俳句は詩であるということを忘れてはならない。本音を語ることで内容に幅を持たせられるが、それらが余り高じると、その事柄の面白さだけが表面に強調されて余韻の少ない一句になるであろう。短い詩であるからこそ短いということを上手に使って余韻の深い句を期待している。

平成二十四年四月

俳句は季題を詠む詩である。季題の力に頼り、季題に語らせ、季題を生かして一句に命を吹き込むのである。

その季題に特に春夏秋冬の文字を入れなくてもその季題だけで春夏秋冬の意味を持っているのが季題である。別の季に使う季題のときのみに春夏秋冬を添えていかなければならない季題の使い方がある。その時は勿論春夏秋冬を使わねばならない。

「彼岸」は春の季題である。秋にも彼岸はあるがそれは「秋彼岸」と使う。「麗か」は春の季題であり、「春麗」とは使わない。冬に春のように麗かな日があるが、その時は「冬麗」「冬うらら」と表現する。「耕」は春の季題である。「耕」だけで春の季題となって「春耕」とは使わない。秋に耕すときは「秋耕」また冬に耕すときは「冬耕」と季節を表すことが必要となってくる。最近、「春うらら」が「天地有情」の投句に多いので、その句は取り上げなかった。何故その句が没になったか考えて頂きたい。ホトトギスでは季題を季語とは使わない。季節の言葉なら何でもいいのではなく、「季題」になるためには長い歴史が醸しだした選ばれた季節の言葉であることを知り、季題を大切に使う事をお勧めする。

平成二十四年七月

私は出来るだけ添削をしないことにしている。余程勿体《もったい》ないと思う句があれば添削をして選する。「天地有情」で無季の一句があった。竹林を上五《かみご》で描いた句であったので「竹林」を「竹の秋」と入れ替えて選んだ。やがてその句が誌上に載るとその作者から手紙が来た。そこには添削した為に一句の中に季語が二つになってしまったのであるがいいのですか？　という意味が書かれてあった。

もう一つの季語とは何であろうか。下五に「……和風かな」とあるが他に季節の言葉は見つからない。「和風」を季語としていることと分った。

辞書を引いて驚いた。

「和風」①日本在来の風習。日本風。「――建築」――洋風。②おだやかな風。暖かな風。春風。②の最後に春風とある。しかし、よく考えてみると、和風＝春風ではない。

我々は、季語と言わないで季題と言う。季題とは、歴史的に歌人や俳人によって磨き上げられてきた季節の言葉である。と同時に、それらは自然に対して鋭い感受性を持つ日本人一般の季節感によって裏打ちされてきた美しい言葉である。また一つ目は季節感が豊かな季の言葉である。二つ目は歴史的な背景を持つ言葉である。三つ目は日本人の生活に溶け込んだ言葉である。季語ではなく季題ということの意味を考えて欲しい。

平成二十五年三月

芭蕉が俳諧連歌の第一句を独立し、発句という詩型を作ったのが俳句の成り立ちであることはすでに皆様御存知のことと思う。発句には必ず季題（季節の言葉）が入らなくてはならない。その十七文字に続けて連歌が編まれていくのであるが、それらが続けられるような内容の広がりにならなければならないわけで大変重要なものと言われて来た。余り軽々しい発句はないとも言われるが、ああそうですか……と終ってしまうと発句にはならないのであろう。子規は芭蕉が発句と言っていたのを俳句と言うようにした。我々はそれを踏襲して今日に至っている。一句の価値観は、そこからどれほどの内容の連歌が巻いていけるかということにその価値観が問われるのであろうが、余り難しく考えて行くこともないであろう。文字を語るのには時にその源を尋ねてそこに至る道程を辿ってみるのも時に大事な発見があるかも知れない。如何に佳い俳句を作るか追求するために原点に戻って見るのも大事なことかも知れないと最近頻りに思っている。

平成二十五年十二月

S氏からお手紙を頂いた。いつも熱心に俳句を勉強され論じられているS氏は教養のある温和な高齢の紳士。何かと真摯《しんし》に質問をされて私の勉強の糧とさせて頂いている。

「実は『薬喰《くすりぐい》』と言う季題ですがこれを『薬喰ふ』と動詞として使用したいのですが如何でしょうか。動詞化されているものとして『陽炎＝陽炎へる』『踏青＝青き踏む』『摘草＝草摘む』『麦踏＝麦を踏む』などとありますが……私の今考えて居ります句は名詞が並びますので最後『薬喰』を『薬喰ふ』として収まりをよくしたいと考えて居ります。……」とあった。何れも例として上げておられる季題を動詞に使うのは歳時記をご覧になると分るように、季題の傍題として使ったら如何であろうかという意味で太字で書かれてある。「薬喰」を「薬喰ふ」は「薬喰」という季題の成り立ちから無理ではないであろうか。解説を読んでも難しいと思う。

『ホトトギス新歳時記』の改訂版を出す時にホトトギス一千号を記念して委員会を組み、六年間、会議を持って一つずつ検討して来た経緯がある。大変な事業であった。その後も検討し、何回か改訂版を出して来た。新季題や新しい傍題を設定するためには、例句が必要である。その例句が名句ならば、或いは、新傍題として太字で追加されるかも知れないが、あくまでも例句がなければならない。

真摯な御質問に対してのお答えになったかどうか分らないが、お返事とさせて頂きたい。

平成二十七年十一月

熊本地方に大変な地震が起った。まだ収束していない。大勢の誌友がおられる九州地方であり、熊本ばかりではなく大分地方にも及んでいる。渦中にある方々のご無事を祈り、何か我々で出来ることを考えなければならないであろう。今から二十一年前、阪神・淡路大震災が起ったときの事が思い出される。水が出なく水汲《く》みをしたことも大変であった。三か月経った頃、水道の蛇口から水が出てうれしかった。思わず〈**春の水甦《よみがえ》りたる蛇口かな**　汀子〉と俳句を作った。ある人から、蛇口から出る水を「春の水」という季題で詠んではけしからんとお叱りを受けた。春の水は、雪解の頃、山から雪解水が滔々《とうとう》と川に流れ込んで勢いよく流れる情景を詠むのであって、蛇口をひねって出る水を「春の水」と詠んではならないというのである。私はそれでも、蛇口から出た水を春の水と詠んでいけないことはないと、文句を言って来た方に丁寧に反発した。こうであらねばならない、という季題の受け取り方も大事かも知れないが、私は二十余年経った今でもその俳句は自分では間違ってはいないと思って大切にしている。

ＢＳ俳句会で京都のホテルへ泊ったのが地震の後の旬日だったか〈**七日目の湯浴みと朝寝京に泊《は》つ**　汀子〉と作った俳句が懐かしい。九州で地震に遇われた皆様、俳句を沢山作って元気をお出し下さい。俳句はいつも心を支えてくれると私は信じています。思ったまま感じたまま作ることで、心が開放されるのではないでしょうか。

平成二十八年七月

新聞の俳壇欄に次の俳句があった。
〈新緑の万緑となる早さかな〉。「ん？」と思わず気になった。新緑は五月の季題、万緑は中国の詩句から生れた見渡す限り緑のことで、歳時記には[三]と書かれてあって五、六、七月の三か月に渡る緑のことで、この中には新緑も含まれる。歳時記の改訂版を編むときの事が思い出される。侃々諤々《かんかんがくがく》、季題について論じ合った。六年掛かって出来上がった改訂版である。新緑が万緑になるという表現はなく、一句の中に同じ種類の季題が入っていることになる。「……色の深まる早さ……」とすればいいが、それでは説明に終始してしまうであろう。我々は俳句は「季題を詠む詩である」と言って研鑽《けんさん》してきた。季題を大切にしたいものである。また、私が朝日俳壇で中村草田男《なかむらくさたお》さんと一緒の選句会で草田男さんが言われたことが思い出される。「木の芽という季題はあっても、芽木という木は有りませんよ」と言われた。木の芽を芽木と表現した句が出てきたのである。俳句にとって正しい季題の使い方をしなければ名句は生まれないであろう。また、俳句は短い詩である。一句の中に二つの季題を入れる時には、どちらかを季題と見ないで言葉として捉えた表現ならばいいと思う。新緑、万緑、どちらも同じ重さの季題であり、それぞれの解説をしっかり読んで使えば、このような一句は生まれなかったであろう。[三]が入っている季題は同じ季節の三か月に渡っているという印であることも知って欲しい。

平成二十八年九月

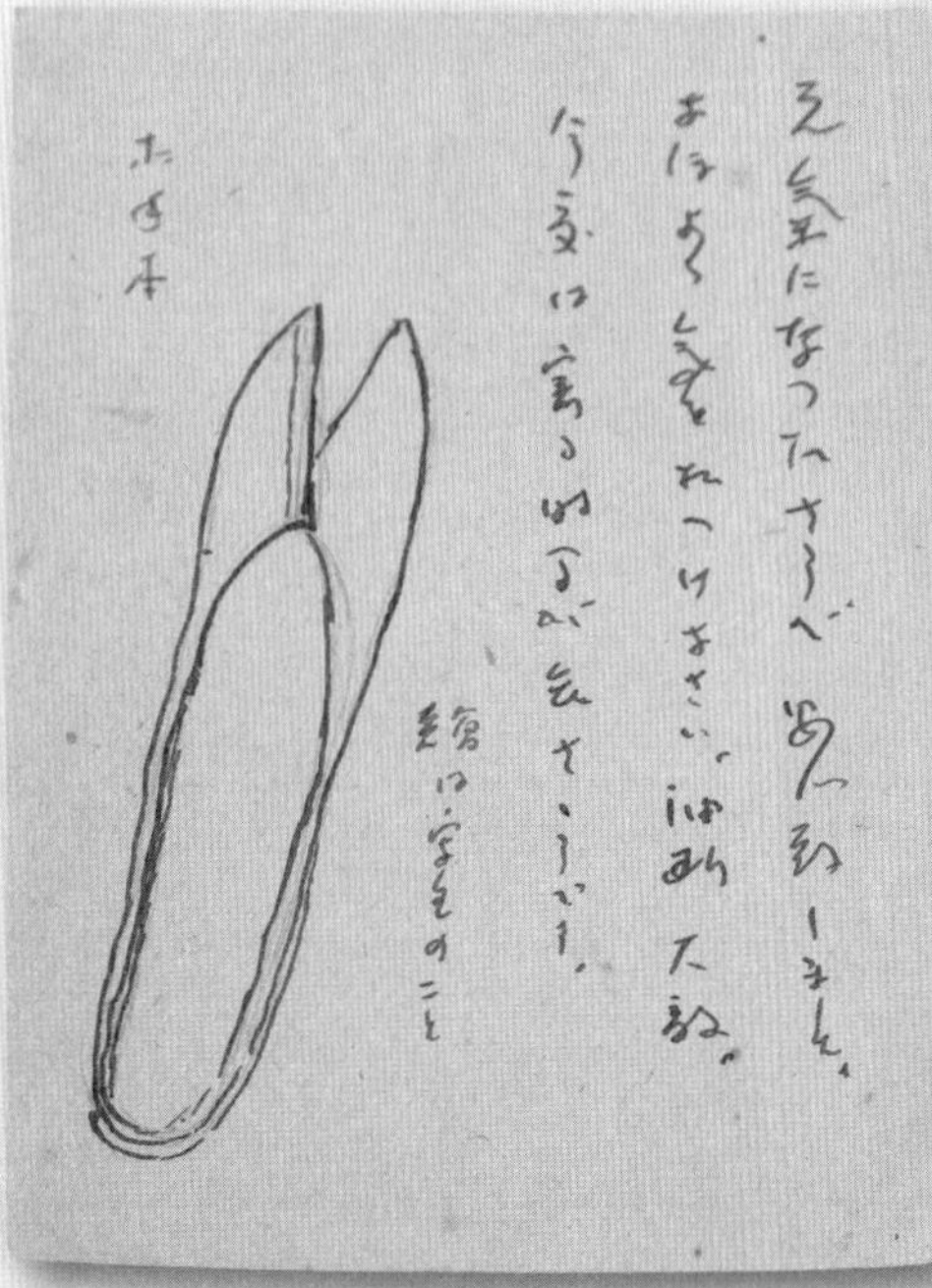

高浜汀子宛虚子葉書
昭和二十四年九月三十日
（表書）芦屋市月若町二七高濱汀子様
鎌倉原ノ台　高濱ぢゝい

元気になつたさうで安心致しました。
なほよく気をおつけなさい。油断大敵。
今度は寄る時間が無さゝうです。
絵は写生のこと
お手本

虚子から汀子への葉書。汀子が花を描いた虚子への手紙の返信で、「絵は写生のこと」「お手本」と書き添えてあり、虚子のユーモラスな人柄を伝える。

3 添削と推敲

雑詠の通信欄に書いて下さる方々が増え、皆様が今何をホトトギスに期待して居られるか、具体的に言って頂いて有難い。季節の便り、私の健康へのアドバイス等々選句をしながらの楽しみも増えた。七十五歳の方の虚子先生の御添削という便りである。「虚子先生が添削された句をホ誌に取り上げて載せることは滅多に無いことだ。捨て難い何かゞあるからだよ……と先輩から言われ嬉しいでした。それは『海女《あま》』が季題として独立して間もない頃だったと思います。その句は〈海女二人桶《おけ》にすがりてハの字かな〉でその下五を〈八の字に〉と直して下さったものです。目から鱗が落ちました。私の目の底に桶に縋《すが》った海女の姿が判然と〈八の字に〉成ったことを今も鮮明に覚えています」。又次のようなのもあった。「『ホトトギス』で勉強して一年程になります。『ホトトギス』というと古い俳句というイメージであった私でした。しかしこの一年で『ホトトギス』が実は一番新しいということに気づきはじめました。汀子先生の前へ前へとつき進んでいかれるパワフルさ！　そして何より清潔なイメージと平等であるということを学ばせていただき感激しています」。読む私も感動に心が震えた。

平成十三年十月

俳句は短い詩である。五七五、十七音でどれほどのことが言い得るであろうか。言葉の選択、言わないことで深くなる余韻。さまざまな工夫がされるわけである。日本語は実に表現が豊富で、同じことでも様々なニュアンスの違いを含んでいる。寒さ一つにしても季題が沢山ある。秋になって空気が冷えると「冷やか」、秋が深まると「やや寒」「うそ寒」「肌寒」「朝寒」「夜寒」「冷まじ《すさ》」「そぞろ寒」「身に入《し》む」「露寒」がある。十二月には「寒さ」「冷たし」がある。

季題に語らせるのが俳句の大きな特徴であるが、季題以外の言葉の表現は何でもいいのであろうか。私は俳句は短い詩であるから一句を読み上げた時に後味が良いということが大事なのではないかと思っている。最近、次のような句があった。〈転がして去年今年《こぞことし》なく母拭《ぬぐ》ふ〉という句である。伝統俳句系以外の選者が選んでいるのであったが、私はこの句の上五の表現に胸を痛めた。介護をしている人と分る。「転がして」は人に使う表現ではないのではないかと悲しくなった。

平成十九年二月

昨年末から原因不明の肋間《ろっかん》神経痛に悩まされ仕事が出来ないでいるのに、とうとう一月二十四日のその日が来てしまった。この日は大阪大学で学生と一般参加の市民を対象として特別講演を依頼されていたのであった。

題は「俳句の表現——伝えるのは意味かイメージか——」と予めお伝えしてあった。覚悟を決めて教壇に立つと階段教室の中央から前の方に陣取っているのはこの大学の名誉教授や錚々《そうそう》たるOBばかりである。しかし皆よく存じ上げているホトトギスの仲間であった。この方達が約三十名、応援団よろしく堂々と布陣してその威容はあたりを圧しているのである。学生はと言うと、約三十名、OBの隙間《すきま》隙間でノートを前にしてきらきら光る目で私を注視しているのであった。教室はもう立錐《りっすい》の余地もなかった。

私は先ずソシュールの「一般言語学講義」に言及して、言語には統辞の軸と連想の軸という二つの軸があるということから話し始めた。

平成十九年四月

統辞の軸というのは、言わば言葉の縦軸であって話線に沿って継時的に言葉を結合し意味を明確にしてゆく。その時、言葉を結合する規則が文法というわけである。このようにして正しく結合された一連の言葉は明確な意味を持ったいささかも曖昧さの無い文章となる。私達が学校で教えられ、日常で使っている言葉はまさにこの縦軸に沿った言語活動なのである。

ところが言葉には連想軸という言わば横軸があって、それは普段は意識されずに潜在しているとソシュールは言うのである。そしてこの横軸が働きだすのは、主として文章が不完全な時、或いは話線が途中で止まってしまった時だと言うのである。連想軸の働きというのは、文中に置かれた言葉が文の意味とは別に、その言葉が喚起する連想によってイメージを伝達することである。しかしこの働きは即時的なのである。話を具体的にするために私は次のような例をあげた。

〈**古池や蛙《かわず》とびこむ水の音**〉

この芭蕉の名句で、蛙は一体どこにとびこんだのでしょうか。

平成十九年五月

「現代俳句の金子兜太《かねことうた》という俳人がいます。その金子さんは『芭蕉のこの句の蛙は古池に飛び込んだのではない。隅田川《すみだ》に飛び込んだのだ』と言って世間を騒がせています」と言うと会場は爆笑に包まれた。「皆さんはお笑いになりますが、この句をよく見ると、確かに蛙が古池に飛び込んだとは書かれていませんね」。今度は会場がしんとなってしまった。そこで挙手をしてもらうことで皆さんの意見を集約すると、隅田川に飛び込んだと思う人が一人、どうやらこの人は私の講演の意図を察しているかのようであった。次にこの蛙はどこにも飛び込まなかったと思う人が一人、この人は大学院生らしく、もしかすると長谷川櫂《はせがわかい》さんの『蛙は古池に飛びこんだか』を読んでいるのかも知れなかった。そしてのこりの五十八人の全ては古池に飛びこんだという意見であった。

「金子さんの意見は芭蕉のこの句が文章としては不完全であるということを逆説的に衝いたものとすればなかなか鋭いと言わざるを得ませんね。ではこの句を完全な文章にすればどうなるでしょう」。

平成十九年六月

もしこの句を完全な文章にするとすれば、「古池に蛙とびこむ水の音聞こゆ」とでもしなければならない。しかし今は俳句について論じているのであるから、俳句らしくするために「聞こゆ」という述語は暗黙の了解の下に省略することは許されるだろう。これを原句と比較して考えてみよう。

「古池に蛙とびこむ水の音」

「古池や蛙とびこむ水の音」

どちらも俳句として立派に成立する。では両者はどこが違うのだろう。前者は意味は明確である。曖昧な点はいささかもなく、この一連の言葉が指し示すのはたった一つの意味だけである。これを俳句として見れば単純すぎて余韻のふくらみが無いと言わなければならない。

それに比べ後者はどうであろう。読者は先ず言葉の縦軸（統辞の軸）に沿って継時的に意味を読み解こうとする。しかし「古池や」と、言葉の連続性がここで絶たれてしまうと、意味を追う頭の働きが停止せざるを得ないのである。そうすると替りに、今迄潜在していた言葉の横軸（連想軸）が生き生きと働きだすのである。

平成十九年七月

この場合、読者の頭の中では「古池」という言葉に関する連想が生き生きと動き出すのであるが、それは必ずしも過去に経験した古池の情景や心象ばかりではない。それぞれの読者の頭の中で「古池」という言葉と連想の網の目で連なった全ての事柄が即時的に、つまり瞬間的に浮かび上るのである。

このようにして読者の連想を刺戟《しげき》した上で、やおら「蛙とびこむ水の音」と下の句が提示されるのである。すると読者は先程の自分の連想と下の句との間で自分なりの折合いをつけなければならなくなる。つまり自分なりの解釈をしなければならなくなるのである。

虚子が芭蕉のこの名句に対して晩年に解釈を変更したことは知る人ぞ知る事実である。晩年の虚子は静かな、淋《さび》しかった古池にも蛙のとびこむ音が聞こえるようになった。生き物の生動する春がやって来たのだと陽春の到来を詠った句と捉えたのであるが、そこには静かで淋しい古池という連想が充分に生かされている。

平成十九年八月

「先ほど私が、芭蕉のこの句の蛙はどこに飛び込んだかと皆様にお聞きしましたね。六十人の中、実に五十八人の方が古池に飛び込んだとお答えになりました」。

どうしてそうなったかと言うと、それは切字《きれじ》「や」が一旦上下を切断して読者の連想を刺戟した後に、再びゆるやかに上下を接続するからである。しかしそれは論理的に結びつけるのではない。上下の二つの並列した句の間に何とか辻褄《つじつま》の合った関係を見出そうとする読者の頭の働きによるゆるやかな結びつきなのである。

つまり「や」は文章をわざわざ不完全にして、その文章の不完全さを逆手にとって読者の連想を刺戟し、大きなイメージを伝える一つの方法だということができるだろう。

では読者の連想を刺戟する方法として他に何があるであろうか。それは十七音の中に出来る限りイメージ喚起力の強い言葉を据えることである。季題こそまさにそういう言葉ではないだろうか。

平成十九年九月

「天地有情」の投句用紙の裏の通信欄に次のことが書かれてあった。「表現を平明にする推敲についてお話し下さい」とある。

俳句の勉強は一日で成るものではない。季題の勉強、日本語の表現の追求に真面目に取り組んでいるうちに自ずからよい句が作れるようになって行くものである。

中でも省略を心掛けることは多くの人に実践して頂きたい必須の課題である。自分の作った一句を発表する前に、無駄な言葉がないかよく吟味する。一句中の或る言葉を省いてみて意味が通じるようであればそれは無駄な言葉と考えた方がよい。次に省けない言葉であってもそれをもっと適切でやさしく分かりやすい言葉に置きかえることは出来ないか吟味する。次に全体の構造を考えて出来るだけ平明な構文を心掛ける。更に、てにをはの助詞をこれでよいか吟味して、最後に言いたい事がこれで読者に通じるかどうか考える。

以上は私がいつもしている推敲の方法である。平明は平凡ではないことを推敲の基本と考えて欲しい。

平成二十一年八月

朝日俳壇の入選句に対して昨年秋の日本伝統俳句協会全国俳句大会賞の句と類似している旨投書があった。その作者本人からの申出である。私はその事実を真摯に受け止めて恐縮した。日本伝統俳句協会賞の句〈**母の日や何もいらぬといふ母に**〉に対して朝日俳壇稲畑汀子選の三席の句〈**母の日や何もいらぬと言ひし母**〉である。下五の「……いふ母に」と「……言ひし母」の違いだけで、あとは同じ表現であり、類似といえば類似に違いないと言える。俳句は短い詩である。特に、母の日という季題には類想的な句が山のようにある。母の日の母を描いて同じ句が出来ても不思議はない。必ずしも真似して出来るものではないが、同じ着想で出来てしまうことがあるのも確かである。

下五字の「……いふ母に」と「……言ひし母」のわずかな違いで、一句に大きな違いがあるのに気がついた。「……いふ母に」は「さて何をあげたらいいだろうか」という作者のため息が聞こえてくる句である。「……言ひし母」は、「慎ましい母を描いている一句」と言える。

俳句は一字が重い。一字で意味が変る。そのことを考えたいと思う。虚子の句〈**二三子や時《し》雨《ぐ》るる心親しめり**　虚子〉の句に対して〈**二三子や時雨るる心親しめりと**　杞《き》陽《よう》〉という句を思い出した。

平成二十二年九月

気になる漢字の間違い、それが許容範囲となって歳時記と称するものに載っていることを知った。正しく継承していくのは難しいかも知れないが、俳句の季題として少なくともホトトギス歳時記では間違いないものにしたい。例えば「心太《ところてん》」という季題である。「心天」と書きたくなるかも知れないが少なくともホトトギスでは容認していない。ある歳時記に載っていることも知った。しかしそれは間違った人が居てそのままになって残って行ったに違いない。私の持っている辞書の全てを調べたがどれにも「心太」とあり「心天」はないのである。詠み方も然り。紫陽花を「しようか」と読むことで詩情が削がれる。やはり「あじさい」と読みたい。言葉は生きている。また文法を盾に取って俳句に執拗《しつよう》な抗議を繰り返す人がいる。「始めに言葉があって文法は後から出来たのである」。音便にしてもそうである。間違いと決めつけてはならない。読むのに便宜上音便が出来たと私は理解している。他の歳時記に文句はつけない。

ホトトギスで勉強する方々は虚子編『新歳時記』、『ホトトギス新歳時記』を参考にして頂きたい。

平成二十二年十二月

「朝日俳壇（二月七日）稲畑汀子選について基本的な疑問を指摘する」という投書を朝日新聞社に頂いた。〈臘梅《ろうばい》や一輪に呼び止められて〉という句について「一輪に呼びとめられた」という浮ついた擬人法。従って間投助詞の「や」が語調を調える、あるいは「臘梅」に焦点をかたちづくる機能を果していない。「や」で切れて、「一輪」は「一輪車」となる。意味が続くときは切らないで一句の空間の広がりを詠うのが俳句の基本、とある。

おそらく投稿子は国語の先生であろう。「や」を間投助詞の「や」としか考えていない。しかしこの場合「や」は俳句の「切字」である。その発生時はともかく「切字」の「や」として確立した時点から、「や」はその前の語で統辞軸上の流れを一旦切断し、そのことで連想軸の働きを刺戟しながら、しかも「や」以下に上の意味を潜在的に伝達するという、俳諧が生み出した表現上の大発明なのである。

「切字」のこの重要な働きを理解しない人は、〈古池や蛙とびこむ水の音〉の一句について、古池で切れているから、蛙は隅田川に飛び込んだなどととんでもないことを言うのである。尚「一輪に呼び止められて」が浮ついた擬人法というのは投稿子の感じ方であって、私は適切な表現であり擬人法だと思う。

平成二十三年五月

この度、すでに出版した句集『花』に続いて『月』を出版する。その後書を書いたのであるが、初めに松山への船上句会での虚子とのエピソードを書いた。その句会で私の〈**月の波消え月の波生れつつ**〉という句が虚子選に入った。その句会では他の選者が取ってくれた〈**月見えぬ側のデッキに月の波**〉という方が私自身も得意であった。それは虚子選には入らなかった。あとで私は虚子に「あの句は選んで頂けませんでしたね」と話した時、虚子はにこにこ笑いながら「あの俳句もよかったね」と言ってくれたので私は句集に入れることにした。しかし、よく考えてみると、「月見えぬ……」は理屈が先行しているのかも知れないと思う。「月の波……」はそのまま描写し、波に消えたり現れたりする月がその時の情景としてすぐに私の頭の中に浮かんで来る。俳句は理屈ではないということを虚子は没という方法で私に教えてくれたのであろうか。「あの句もよかったね」と言ってくれたが、それは私に与えてくれた俳句への執着を解いてくれたと見なければならない。自分で得意になっていた句は「月見えぬ……」であったが、その執着はあっても、今では「月の波……」の方がよかったと私も分って来た。自信があった句に、執着を解いてくれる褒め方を私は胸に大切にしまっている。

平成二十四年五月

たった十七文字によって表現しなければならない俳句には、その短い中で多くのことを読者に伝え共感して頂くことが大切である。出来るだけ簡単に述べ、適切な表現をあれこれ模索し、自分が言いたい思いがまとまって納まるとしめた！と思う。その表現は既に言い古されている言葉でも、自分で見つけた表現であれば勿論いいのである。しかし、効果的な表現の中には、もう使い古されたものもある。例えば「何事も無かりし如く……」というのには、点線に季題はどれでもぴったり嵌《は》まって名句になる。「昨日とはうつて変り……」もよくある表現である。俳句は短い詩です。効果的な表現があることはあってもそれが思わず自分で発見して作ったのであっても、それは自分の句帳だけに仕舞って置いて頂きたい。もっと色々と幅広く表現して名句を作って行きたいものである。

投句して字を間違えたので消した後、そこへ字を入れない句稿がある。どうぞ忘れないで書き入れて頂きたい。病後のことを予後と使うのは間違いであると昔申し上げたが、これは「病後を予測する」という医学用語と聞いた。「久方の」は光の枕詞。「冷える」だけでは季題にはならない。「冷やか」「秋冷」としてほしい。

平成二十五年六月

太陽の陽をひと読ませることはよくあるが私は余り感心しない。俳句では日としてほしい。陽をひと読ませるならば、陰をつきと読ませたくなる。俳句は短い詩である。言葉を大切にしてほしい。季題の「麗か」を「春うらら」に、「耕」を「春耕」に「霞」を「春霞」とする。春と言わなくてもこれらは春の季題なので春をつけなくてもよいのである。「春眠」を「春眼」と書き誤っているのは、今まで直していたが、これからは意地悪さんになって、その句は没にする。

「薄氷《うすらい》」を動詞として「薄氷へる」と使う句があり、これは間違いである。「佇む」は「たたずむ」と読み、「たつ」と使う句が多いが、私はやはり正しく使って欲しい。

そういう私も最近正しく書いたつもりが、間違えることがある。年齢の所為とするのは如何にも淋しい。一句一句を大切にして行かなければならないと思っている。私は怪しいと思った字は必ず辞書を引いてみることにしている。似たような字を書いて見ても間違いかも知れない。日本語の文法もなかなか難しいが、理解するとなるほどと納得するようになる。我々の世代は文法を習う頃戦争で勉強が抜けている時代であった。今でも遅くない。日本語は一生の勉強と思いたい。

平成二十五年七月

「天地有情」の投句の裏に通信欄がある。色々書いて下さる方にはお返事は書けないが、しっかり読ませて頂いている。「俳句随想」で文法の間違いを指摘したことでよく分ったと感謝が述べられていて恐縮した。私自身も戦争中の女学校、そして高校三年と勉強が出来なかった時代の人間である。俳句の世界に於て勉強させて頂いたと思う。そして、今でもその勉強は続いている。私の知る範囲でこれからも書かせて頂きたい。

「山笑ふ」という季題がある。この季題の山と笑うを一句の中で離して使われた俳句を見た。例えば〈四五人で行く山楽し笑ひけり〉と、これは頂けない。また、〈庭に出て薫る二三歩風の中〉とこれも「風薫る」という季題として頂けない。「薫風」として使うことがある。これは正しいし、傍題として歳時記に収録してある。正確に使うことをお勧めしたい。仮名遣いもまだ歴史的仮名遣いを踏襲している。俳句にはその方が相応しい。

　俳句に関しては歴史的仮名遣いを踏襲して欲しい。文章や読むのを助けるためのルビは現代仮名遣いでお書き頂きたい。間違いの多いのは、冷える……を冷へる、植ゑる……を植へる、見える……を見へる、などが最近多くなった。これは終止形を言ってみれば間違わなくなるであろう。私も迷ったら終止形を言ってみることにしている。

平成二十六年九月

野分会《のわきかい》は、主宰の稲畑廣太郎《いなはたこうたろう》が指導している。一年に一度の野分会の勉強会である、野分会夏行は、私も参加し、野分会を卒業した人達も参加している。先日、熱海《あたみ》で開催された。若い人達の俳句は素晴らしい。発想が自由でありながら俳句の枠を逸脱していない。私も一生懸命斬新な俳句を作ろうと頭を柔らかくして俳句を楽しんだ。そして、俳句とはなんぞや、と自分に問いかけつつ、限界に挑んだのである。成功したかしなかったかは分からないが、俳句を長く作っている内に、皆マンネリズムという壺に落ちているのに気がつかないことが多い。そのことに気がつくためには、自分との闘いをしなければならないのではないか。常套的な表現に甘んじて、格好よく一句に纏めるために営々としていては進歩がないのではなかろうか。少々表現が拙くとも、発想の新鮮なものを一句でも、挑戦してみてほしい。虚子は、雑詠で指導するのに、客観写生を説いた。平明に叙す大切さも説いた。しかし、それが内容のつまらなさに落ちて行きそうになったとき、客観写生と言うといえども主観の範疇にある、と言ったことで、雑詠の投句のやや主観が出て来たことがあった。指導者は主義主張が変わるのではない。作品が常に斬新であって欲しいと思っているからであることを私も踏襲して行きたいと思っている。

平成二十六年十月

俳句を作るとき、季題を初めに考えて作るか、見たものから生まれて来た一句に相応しい季題を後から持ってくるか、人それぞれの句作の過程がある。表現に固執するとき、見たものから触発されるのは人によって違ってくる。感じたことを同じ花を使って表現しても、ある人は嫋《たお》やかと言い、ある人はしたたかと見る。俳句は短い詩であるから、その花を描写するだけで読者の受け取り方は様々になる。俳句は写生が大事である所以《ゆえん》である。

今尚、花筏を水面に浮かぶ落花として使っておられる句が多い。一般的には許容範囲としているのかも知れないが、花筏はその名前の花があり、花屑という季題がある以上、川面に流れる情景を花屑と使って欲しい。

新樹光、晩夏光、などのわざわざ光と付けなくても、新樹、晩夏などというだけで、光の説明はいらないのでは無いか。と、これは、何度も書いて来た。……が、まだまだ使われている。聖五月も、宗教的な表現で、五月はカトリックでは聖マリアの月となっている。それを知っていて作るならばいいであろう。

俳句は省略が武器である。必要のない言葉の説明は要らない。端的に、大切な言葉を使うことで、却って、省略した以上の言葉の拡がりが読者に伝わるという素晴らしい魔法である。何度も推敲し、省略して一句を大切に仕上げてほしい。添削は作者が自分でしなければならない。根本的に作者が作った句と違ったものになったならば、それは自分の句ではなくなるかもしれない。

平成二十九年九月

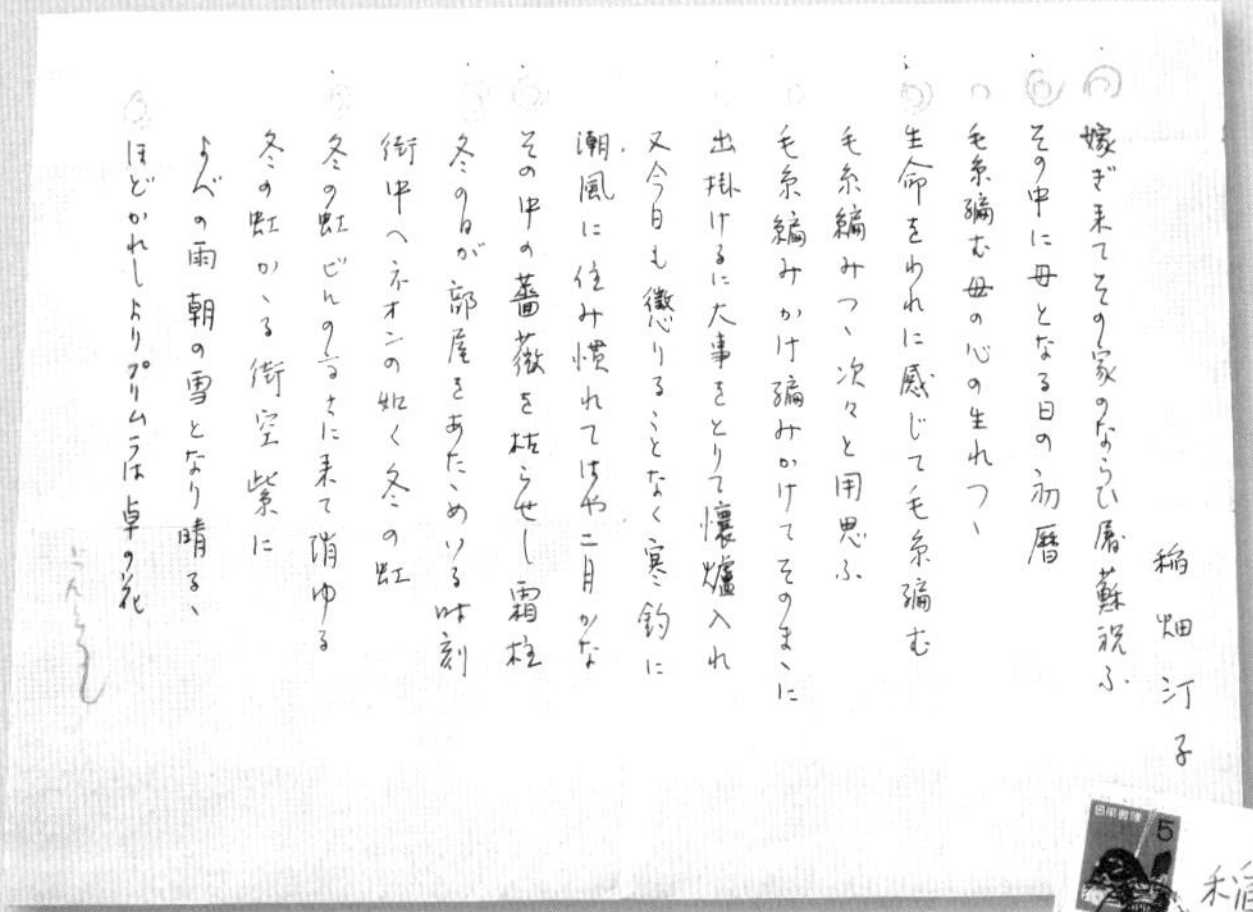

稲畑汀子

◎嫁ぎ来てその家のならひ屠蘇祝ふ
◎その中に母となる日の初暦
○毛糸編む母の心の生れつゝ
◎生命をゆれに感じて毛糸編む
毛糸編みつゝ次々と用思ふ
○毛糸編みかけ編みかけてそのまゝに
出掛けるに大事をとりて懐炉入れ
又今日も懲りることなく寒釣に
潮風に住み慣れてはや二月かな
◎その中の薔薇を枯らせし霜柱
◎冬の日が部屋をあたゝめゐる時刻
街中へネオンの如く冬の虹
◎冬の虹ビルの高さに来て消ゆる
冬の虹かゝる街空紫に
よんべの雨朝の雪となり晴るゝ
◎ほどかれしよりプリムラは卓の花

虚子

芦屋市平田町八二
稲畑汀子様

汀子句稿、虚子選の書簡。消印は 32.2 と読める。
◎七句、○三句、無印六句の好成績。

4 虚子とホトトギス

「ホトトギス」の投句用紙の裏に通信欄を設けたことで、その欄を利用して下さる方々からの消息に目を通して楽しませて頂いている。次のような一文があった。「真珠湾攻撃の大本営発表後、大学最終学年だった私は、十二月末に繰上げ卒業となり兵役に服した。二月半ばの休日、内務班でくつろいでいた初年兵の部屋へ笹川伍長が『中尾二等兵は居るか』と言って入って来た。『自分が中尾二等兵であります』と言って直立不動した私に、ホトトギス誌の入った郵便物を見せながら『お前のお父さんからこれを送って来たが、初年兵のお前にこんなものを読んでいるヒマなどないだろう。俺が預かっておく』とのことだった。ホトトギス誌とはその頃からの縁だが、部隊はその後転々した。笹川さんは今どうしているだろうかと、ふと思う」と書かれてあった。この一文を読んで私は胸が熱くなった。この方の年齢は八十三歳、笹川伍長は今もご健在なのであろうか。今まで五十数年間ホトトギスで俳句を作り続けて来られた誌友のお一人である中尾二等兵の戦後はまだ終っていない。二十一世紀、この方々によって支えられてきたホトトギスであるということを忘れてはならないであろう。

平成十三年六月

雑詠の通信欄には様々なお便りがある。その一つ一つを納得しながら選句をしている。一番多いのは、「俳歴が古いがまだ一句欄から抜け出せない」というのである。もう一度表に返して見てまた一句のまま次に行くのは選者もつらい。このような通信もあった。「私は昭和二十一年一月号より投句を致して参りました。鞄に教科書とホトトギスを入れて通学致しました。紅顔の中学生でした。（中略）『佐比売野《さひめの》』の地名は、私が俳句に初めて用いました。万葉時代の地名であります」。石見《いわみ》地方の俳人である。このような真面目にこつこつと俳句を作ってこられた方々にホトトギスは支えて頂いているのだと有難く思う。

「私のホトトギス初投句、初入選は昭和十一年十一月です。長期投句者の表彰はありませんか――」。これは今年九十歳になられた山田桂梧さんからの通信である。ホトトギスは昔から俳句に対して賞状や賞金を出すことは一切していない。でも感謝状を差し上げた方は何人かあった。ホトトギス同人になって頂いても義務も権利もないと申して来た虚子や年尾の心を私も踏襲している。長期投句者の表彰をどのようにしたらいいだろうか。

平成十三年九月

句碑を建てて下さるというお申出に対し、私は祖父や父の心を大切にしている。句碑を建てる費用のための募金を祖父も父もよしとしなかった。私もその心を踏襲している。句碑は忘れ去られて砂に埋まるもの、周りの環境が変って移される句碑もある。

通信欄で句碑について一文が寄せられた。「修善寺《しゅぜんじ》の梅園に虚子の三基の句碑があります。近くの自然公園には漱石《そうせき》の漢詩が巨石に刻まれてあり、大虚子の句碑は漱石のそれと比べると余りに控え目で、一門の端くれにいるものにとって心外でした。」ところが『花鳥諷詠』誌に記載の八雲《やくも》旧居の虚子句碑の記事を読んで得心しました。……」とあり、その除幕式の年尾の挨拶で「……虚子は生前句碑について、四国路を巡礼する遍路が道端で腰掛けて休むような句碑があってもよい」と話し、「八雲旧居の句碑は全国数ある句碑の中でももっとも父の好みにあった句碑……」と喜ばれたという。〈**くはれもす八雲旧居の秋の蚊に**〉という小さい句碑は八雲旧居の玄関の脇にあり、靴を履いて紐《ひも》を結ぶときにそこへ足を乗せるのに丁度よい。坐ったり足を乗せたりするのも自然のあるがままの姿と肯定する虚子の心は俳諧に通じるるように思える。

平成十三年十一月

俳句雑誌の主宰が亡くなるとその俳誌は終刊となるか継承して新しい主宰が誕生するか二つの道が選択される。終刊となった場合は分散し新しい俳誌に誕生する。そしてお互いの誌友獲得競争が始まる。困るのは終刊となった俳誌で勉強していた誌友達である。

私はホトトギスという百年以上の歴史を持つ俳誌を継承して二十数年になるが、その前に二年半の準備期間があった。脳梗塞《のうこうそく》で倒れた高浜年尾主宰が闘病に専念する為に私に雑詠選を任せたのである。この歳月は私にとって苛酷《かこく》な試練の時であり得難い至福の時でもあった。そして虚子時代、年尾時代からの俳人たちが一丸となって私を支えて下さった。今、私は俳誌にとって一丸となることが何よりも大切であるとつくづく思う。私が主宰を継承してから、ホトトギスは創刊一千号、一千百号、千二百号(創刊百年)という大きな節目を祝った。その間ホトトギスの作家を世に出すために日本伝統俳句協会を設立、また虚子を顕彰しホトトギスの歴史を広く世に伝えるために虚子記念文学館を建設した。しかし一番大切なことは一人一人が客観写生の技を磨き、虚子が唱えた花鳥諷詠詩を深めることである。ホトトギスはそのための道場である。道場に甘えや馴れ合いは不要である。私は他の結社に見られる様な賞を設け褒めあうことは一切しないことをここに宣言する。

平成十四年七月

「のぼさん、とうとう『仰臥漫録《ぎょうがまんろく》』が出てきたようじゃなもし」「そうらしいぞなもし」「わしが『ホトトギス』に載せたいと言うたとき、のぼさんが書きたいことが書けんけんと怒って断ったことがあったが、あれから百年も経つのじゃから、もう皆の目に触れてもええんじゃなかろうか」。

「あれにはわしの本音が書いてある。死にとうなるほど苦しかったこともあったんじゃ。忠三郎の子供が『仰臥漫録』を虚子記念文学館に納めたいと言いよった」「五十年前行方不明になっとったんが出て来たんぞな。やっぱりこれはあしの何時も言うとったあるがまま自然の成り行きで記念館に預けることになったのじゃと思うとる。ものは自然に無うなっていくものじゃが、出てきたんじゃから大事に展示してくれるじゃろう」。

あの世でこんな会話が子規と虚子の間で交わされたのではなかろうか。まるで子規と虚子二人の意志で次々事が運ばれて行ったかと思われるほどスムースに虚子記念文学館に「仰臥漫録」を頂くことになった。改めて子規と虚子の深い縁を感じずにはいられない。本物はすごい。本物から伝わってくるもの、子規の魂の叫びは見るものの心をぐさりと突き刺すであろう。

平成十四年九月

通信欄での問題指摘である。或る地方ではホトトギスの会員が他の地から先生を呼んで句会をしている。しかしその地方の先生の下で従来から行われているホトトギス会には参加しないというのである。これに関して私の意見を聞きたいという。

さて困った。こういう問題は大抵の場合歴史的な背景もあり、軽々しく云々することは出来ない難しい問題であるが、深刻に考え過ぎないようにして頂きたい。人は個人個人の考え方があり、又生きて来た道などそれぞれ違うので、自分が良しとしてやりたいように勉強するのを誰も阻むことは出来ないのではないだろうか。俳句の付き合いは風雅の付き合いであり、自然との付き合いでもある。ホトトギス誌上でご案内する会はどなたでも参加して頂けるから、余り狭く考えないで自分で良しと思う方法で何処ででも気楽に参加して感性を磨いていると、大勢の俳句の仲間が出来ていつか全ての垣根が無くなっていることに気がつくであろう。

それぞれ結社又はグループの誌友獲得競争に巻き込まれ肝心な俳句の研鑽を忘れないようにしてほしい。あるがまま、流れは自然に大河に注ぐ。

平成十五年四月

ホトトギス社社長（代表社員）、母高浜喜美《きみ》が去る二月二十日に亡くなった。享年九十六歳であった。最近は眼が見えない状態で、訪ねても誰だか分らないことがあったが、最後まで頭はしっかりしていた。母は高浜虚子の長男年尾の妻として陰で俳誌「ホトトギス」を一生懸命支えて来た。その間、口では現せない様々な問題を天性の明るさと芯の強さを以て対処し毅然と生きて来た人であった。

父が亡くなって私が主宰を継いだ時、ホトトギスの遅刊を取り戻すために私が半紙から挟み込みの投句用紙に切り換えたいと反対を押し切った時、桃邑《とうゆう》さんが亡くなって緑富《りょくふ》さんにホトトギスに来て頂いた時、日本伝統俳句協会を設立した時等々、母が私を信じて力になってくれたことで全て上手く事が運んだのである。

ホトトギスの編集会議には元気な間は必ず出席して、私達が決めて行くことを黙って聞いていた。しかし問題があると、必ず自分の意見をしっかり言った。私がホトトギスをやって行くための陰の力を貰ったことを私は母に感謝したい。

平成十五年六月

　虚子が「ホトトギス」を東京から発行するようになったのは、虚子が母の看病に松山へ帰っている間に、東京の就職先である「万朝報《よろずちょうほう》」の記者を解雇されたからであった。虚子は生活の手段として東京で文芸雑誌を出すことを考えて子規に相談するが、偶然にも丁度その時、柳原極堂《やなぎはらきょくどう》が東京に出て来て「ほととぎす」松山版が経営に行き詰まったので廃刊にしたいと子規に相談したのである。このような偶然の一致があって「ホトトギス」東京版は誕生した。従って「ホトトギス」は初めから虚子の雑誌であった。とは言え、子規の在世した明治三十五年九月までは虚子の雑誌ではあっても子規の意見や方針が色濃く反映されていたのである。

　子規亡き後も、虚子は子規の志を継いで行くが、同時に幾つかの新しい試みをして、子規の路線に修正を加え、虚子自身の考えをはっきりと打ち出している。その第一は連句の受容であり、第二は夏目漱石と組んでの「ホトトギス」の文芸雑誌化であり、第三は雑詠欄の創設である。

平成十六年十一月

ホトトギスに雑詠欄が出来たのは明治四十一年である。雑詠という言葉も虚子の造語であった。それ以前は題詠であった。雑詠欄は虚子が国民新聞に入社したため一時中断したが明治四十五年に復活し、以来ホトトギスの主要な頁として現在も堂々と続いている。

虚子が雑詠欄を復活させた大きな理由は虚子の小説断念と碧梧桐の新傾向運動に対する反対であった。

復活の一月前、即ち明治四十五年六月号の消息に虚子は雑詠募集の綱領として次の三点を掲げた。

○ 調子の平明なる事。
○ 成るべく、や・かな等の切字ある事。
○ 言葉簡にして余意多き事。

第二点の切字に関して私は「切字又は切字の心」と言っているが、これらの三点は年尾時代、汀子時代を通して今も変らない。

この雑詠再開が実質的に虚子の俳壇復帰の時期であった。

平成十六年十二月

ホトトギス雑詠欄の実質的な創設を明治四十五年とすると、虚子は昭和二十六年に雑詠選を年尾に譲るまで約四十年間、雑詠選を通してホトトギスの俳句を導き、ホトトギスの俳句を作り上げてきた。虚子の後を継いだ年尾時代は昭和五十二年までの二十六年間であった。この時代は現代俳句協会や俳人協会が出来てアンチホトトギスの掛け声が声高に叫ばれた時期であったが、年尾はこれらの動きには目もくれずひたすら虚子の教え通りに写生に基づく花鳥諷詠の深化を雑詠欄を通して図って来た。年尾の後を継いだ私の雑詠選もホトトギスが千三百号を迎える平成十七年で二十七年を数えることになる。この間に私のしたことは、世間での俳句の乱れを看過出来なくなり、ホトトギスの良質の俳句を持ってこれを正そうと、ホトトギスの門を開いて外に打って出たことである。それも一応の目途がついた今、私はホトトギス千三百号を機にホトトギス雑詠選者を、現編集長である私の息子稲畑廣太郎に譲ろうと思う。

平成十七年一月

ホトトギス創刊千三百号を機に雑詠選者が稲畑廣太郎になってもホトトギスの進む道は変らないだろうと私は思う。雑詠欄にどんな句を選ぶかは選者の自由である。しかし雑詠選者というものは選によって自分が考える俳句の理想を示し、選によって読者を指導し、ホトトギス雑詠という素晴しいアンソロジーを創作し続けなければならない。また勝れた作家を見出し世に送り出すのも選者の責務である。決して急ぐことはないが、上っ面のてかてかする光彩に惑わされないで、おとなしき色、底光りのする光を見逃さず、単純なること棒の如き句、重々しき事石の如き句、無味なること水の如き句、ボーッとした句、ヌーッとした句、ふぬけた句、まぬけた句を大切にしていって欲しい。私は期待して見守っている。

私はまだホトトギス主宰を誰かに譲るつもりはない。平成十七年五月号から新たに「天地有情」という頁を設けて誌友各位より二句募集し、その選をしていく積りである。

平成十七年二月

何故私は最後の仕事として「天地有情」という投句欄をホトトギスの中に設け、その選をしようとするのか。虚子の晩年の思想、もしかすると虚子の仕残したかもしれない仕事を引き継ごうと思うからである。虚子の晩年の思想として重要なのは「存問《そんもん》」という思想である。私はこれまで「存問」を、人と人との存問、自分自身に対する存問、自然に対する存問、超越的な存在（神）に対する存問などに分類し解説してきたが、あらゆる存問の根底には、実は森羅万象が生命を持ち、感情を持つという認識がなければならない。つまり「天地有情」という直観がなければならない。

「天地有情といふ。（科学は関せず）／天地万物にも人間の如き情がある。日月星辰にも情がある。／禽獣《きんじゅう》虫魚にも情がある。／木石にも情がある。／畢竟《ひっきょう》人間の情を天地万物禽獣木石に移すのである。／詩人（俳人）は天地万物禽獣木石類に情を感ずる。（中略）／天地有情といふ。（遠き未来には科学もまたこれを認めるかもしれぬ）」【『虚子俳話』昭和三十三年十月二十六日】

平成十七年三月

前月号の随想で『虚子俳話』の「天地有情（一）」の文章を引用したが、その中の「畢竟人間の情を天地万物禽獣木石に移すのである。」という部分はもしかすると読者に誤解を与えるかも知れないと思う。虚子の真意は、万物がもともと情を持っているのであって、それが人間の情と応え合うということである。決して情を持たぬ天地万物に人間の情を投影するという意味ではないのである。『虚子俳話』の「天地有情（三）」に明確に次のように書かれている。

「天にも命がある。地にも命がある。／その間に一粒か二粒の時雨が生れて、天地の命が動いて、それがほろと落ちる。／俳諧の命。／天地有情。」

考えて見れば、天地万物が本来有情であるからこそ自然の一部である我々人間もまた有情なのである。

花鳥諷詠を突き詰めると天地有情ということに帰着する。これが虚子の晩年の考えであった。

平成十七年四月

いよいよこの五月からホトトギスの「天地有情」欄が始まる。皆さんはどのような句を投句しようかと悩んでおられるかも知れない。参考までに私の考える「天地有情」の句を一句挙げておこうと思う。

春来れば路傍の石も光あり　　虚子

この句は春酣《たけなわ》の春光の麗らかさを詠んでいる。路傍の石も光を返して光っているというのが本意であろうが、石そのものがよろこんで光を放っていると読むこともできる。
虚子の俳句をよく読むと、世界の全てのものが生命を持ち感情を持っているという天地有情の見方が根底にあることが分る。それは石でさえ例外ではないのである。
先月と同じことを書きますが、天地万物が本来有情であるからこそ自然の一部である我々人間もまた有情なのだ。お互い同じ宇宙の生命を分け持っているのである。私達は自然の中に、自分自身と同じ生命を発見し、生命の美しさと輝きを讃美し、感動を込めて喜び合うのである。「天地有情」の俳句とは花鳥諷詠の俳句に他ならない。

平成十七年五月

季題は俳句の根本要素である。従って季題を集めた歳時記は俳人にとっても、結社にとっても生命線であり、侵すべからざる聖典でなければならない。但しこれはその歳時記が結社の精神、主張や方針を体現して編まれたものに限っての話である。

ホトトギスは現在、虚子編『新歳時記』と汀子編『ホトトギス新歳時記』を併用しているが、その編集方針は一言にして言えば「文学的な作句本位の歳時記」ということである。具体的には季題として詩あるものは採り、然らざるものは捨てる。現在行われていないにもかかわらず、詩として諷詠するに足る季題は入れる。世間では重きをなさぬ行事の題でも詩趣あるものは採る、ということである。しかし時代の変化もあって、削るべき季題や新題の採用についても意を用いなければならないのは当然である。しかしそれはあくまでも主宰の専権事項である。私の場合は歳時記改変の必要を感じた時に歳時記委員会を組織し、その検討結果を踏まえて主宰である私が決断しようと思っている。ホトトギスで勉強する人に限って言えば何人にもホトトギスの歳時記をもてあそぶことは許されないのである。

平成十八年八月

一月号に新しくホトトギス同人に推薦する方々のお名前を発表した。ここでホトトギス同人について少し考えてみたい。曽て虚子は次のように書いた。

ホトトギス同人といふのは、【一】有数なる作家にして熱心なるホトトギス支持者。【二】古き俳人にして熱心なるホトトギス支持者。【三】一度選者たりし人、又は古き縁故ある人にて、今は疎遠となり居るも、別にホトトギスに離反する意思表示なき人。

以上であるが、私はこれに更に一項目を加えたいと思っている。曰く、【四】若い人であってもホトトギスをよく理解し、将来ホトトギスを支えてくれると期待される人。

「ホトトギス同人には権利も義務もない」という言葉も虚子以来一貫している。しかしこれは主として経済的な負担について言っているのである。しかしその精神に於ては、ホトトギス同人になった瞬間から花鳥諷詠を理解し立派な作品を作り、ホトトギスに対する論難に立ち向かう覚悟が要請されているのである。

平成二十年二月

平成二十一年は虚子没後五十年である。ここで再び虚子の歩いて来た道を考えて今後の伝統俳句の進むべき道を正しく確立して行かなければならないと思う。

これまでホトトギスを支えて来られた方々もご高齢になったが、それらの方々が矍鑠《かくしゃく》として中心で活躍して居られる姿は心強い。

その一方では、新しい若い人達が参加してくれるようになった。その中には立派なキャリアをお持ちの方も居られる。それらの人が真摯に伝統俳句の道を求めて居られることは心強い限りである。

「天地有情」の裏の通信欄に次のようなことが書かれてあった。

「俳句の道に入って知ったことの一部、

★余りにも自然の物を知らなかったこと。

★余りにも言葉を知らなかったこと。

★余りにも自己中心であったこと。」

世間では立派な地位に就いて居られる方であっても、俳句を作ることによって違う世界があることに気がつかれたのであろう。このように自分をしっかり見つめる術を心得ておられる方が、更に俳句を通してより世界を広めようとしておられる。素晴らしいことではないだろうか。

平成二十一年十一月

朝日新聞の夕刊の一面に「ニッポン人・脈・記『お殿様はいま』」という写真と記事が掲載された。犬山城主であった成瀬正俊《なるせまさとし》についての記事であった。実は私は正俊さんと京極杞陽《きょうごくきよう》さんについて予め取材を受けて精一杯お二人の素晴らしさを話した積りであるが、九月二十八日の夕刊に成瀬正俊さんについての分が掲載された。杞陽さんの掲載はないかも知れない。お二人とも世が世ならば「正俊さん」「杞陽さん」などと気楽に呼ぶと打首になったかも知れない人達であるが、俳句を通して語る数々のエピソードはすべての肩書を外した一俳人としてのお人柄を語ることになったと思う。我が国には昔から「歌の前の平等」という素晴らしい伝統があるが、お二人の場合はそればかりではなかったように思われる。虚子を中心としたあの時代ならではの俳人達の心の交流であったように思う。言葉を変えれば戦後の貧しい時代に助け合って生きて行くために俳句は心のオアシスだったのである。虚子を取り巻く人々も多くは鬼籍に入られた。虚子没後五十年の年。ここで改めて進むべき俳句の道をしっかり見据えて行きたいと思う。

平成二十一年十二月

虚子没後五十年の記念に開催された横浜の近代文学館での展示の図録に、稲畑廣太郎執筆の「虚子の俳壇復帰」に大正二年一月号の「高札」が載っている。誌友に見て欲しい。

一、**虚子全力を傾注する事**　虚子即ホトトギスと心得居る事

一、**号を重ぬる毎に改善を試むる事**　ゆく〳〵は完備せる文学雑誌とする事

一、**新年号の外は如何なる事情あるも定価を動かさゞる事**　漫《みだり》に定価を動かすは罪悪と心得居る事

一、**毎号虚子若くは大家の小説一篇を掲載する事**　これ大正二年より新計画の事。大家の原稿を請ふ場合には乏しき経費のうちより原稿料をしぼり出す事

一、**写生文壇を率ゐて驀進《ばくしん》する事**　このうちより専門家、非専門家の文豪を輩出せしむる事

一、**平明にして余韻ある俳句を鼓吹する事**　新傾向句に反対する事

一、**「さし絵」を芸術品として取扱ふ事**　常に新味を追ふ事

この後に虚子は新傾向句に立ち向かう。

平成二十二年三月

北海道のKさんは八十九歳。今年、長年看病をされた最愛の奥様を亡くされた。それはその様な体験をされた方ならばきっと分かるであろうが、さぞ淋しい思いをされているのではないかと心にかかっていた。

最近、「天地有情」の投句用紙の裏の通信欄でKさんの消息を知った。「上を向いたらきりがない、下を見てもきりがない。横を向いたらホトトギスが居た。このホトトギスこそ私の第二の女房として苦楽を共にして一〇〇歳までがんばるよ……」とあった。俳句を生涯の伴侶としてお元気で過ごされているのを私は嬉しく思う。悲しみも喜びも共に分かつ伴侶を是非ホトトギスに見つけて頂きたい。

俳句はきっと私たちの生涯の伴侶となってくれるであろう。私も四十九歳で夫を亡くして以来、俳句が私を助けてくれた。これからもきっと私の力になってくれるであろう。

今年は東日本大震災という未曽有の災害が起こり、今尚その災害の二次的災害である原発が収束していないし、先が見えない。

美しい自然、優しい自然ばかりではない厳しい自然もしっかり見つめて俳句を作って行かなければならないのである。

平成二十四年一月

「天地有情」への投句について選者の私からのお願いを書かせて頂きたい。先ず、書かれる字は楷書でお願いする。特徴のある字を書かれるのは、ご本人の日頃の習慣から自然なのかも知れないが、読めない時がある。その時は出来るだけ善意に解釈して見るが、どうぞ誰にでも読める字で投句をして頂くようにお願いする。しかし、ご病気のために、書かれる字が小さくなってしまう方もある。しかしご自分で一生懸命書かれたのである。そのようなご投句は、選者とし冥利に尽きる有難いご投句であり、私も一生懸命読み取る努力を惜しまない。最終的には選者の添削も加わることもあるが、お許し願いたい。

私が「ホトトギス」の雑詠選を年尾の病のために引き受けたのが昭和五十二年の八月号からであった。その頃は投句の要領として二つ折れの半紙に投句票を貼って楷書、墨筆であった。選句が終わると原稿用紙に清書をして印刷所に送らねばならなかった。その手間だけでも大変な時間のかかることであった。今は投句用紙がある。しかし昔のように黒ではっきり楷書で書いて頂きたい。誠心誠意一句一句を大切にして投句して頂きたい。

平成二十四年八月

私が怪我をして入院したことを大勢の方々からお見舞頂き恐縮致しました。私に俳句が無かったらとてもこんなに元気に病院生活は出来なかったと思う。少し調子に乗り過ぎたきらいがあるが、何かにつけて俳句を作ることを楽しんだ。何もかもが俳句に結びついて何時の間にか俳句を作っていたのである。大勢の方々に助けて頂いたことも深く感謝申し上げたい。

今、様々な試練と闘って居られる方もいらっしゃると思う。とても俳句どころではないと言う方もあるかと思うが、ともかく紙と鉛筆を側に置いて何でも書いて欲しい。

私は頭、肩、鎖骨、右手、両足が無事であった。多分穴に落ちた時には全身打撲であったと思うが、それは自然に治ると言われたので放っておく。

俳句を作ることで元気を取り戻すことを、皆様におすすめして今月の「俳句随想」に替えさせて頂きたい。

こんな所にこんな季題があったということもいい勉強になった。

平成二十四年十一月

今年の年尾忌は快晴であった。鎌倉の寿福寺に遥々お越し下さった方々は年尾を知っている方々も、知らない方々も年尾忌を通してホトトギスの伝統俳句を学び、次の世代にそれらを継承して下さるのである。虚子、年尾の時代には想像もつかなかったであろうインターネットなどによる世界の変貌が、俳句の世界にも押し寄せて来ている。そして自然は人間によってどのような変貌をしていくのであろうか。自然を人間が征服するのであろうか。私はそうは思わない。今こそ私達はもう一度自然を見つめ直して行かなければならない大きな選択を迫られている時代なのではないだろうか。ホトトギスは間もなく創刊千四百号を迎える。この大きな節目にただ祝うだけでもいいが、ここで今我々の置かれた自然をもう一度しっかり見つめ直して行かなければならないのではないであろうか。人間の奢《おご》る心はやがて大きな代償を自然から受けなければならないように思えてならない。

　私は虚子と一緒に旅をした。昔のごとごとごとゆっくり走る列車の中で話をしてくれた。「人は謙譲な心を大切にしなければならないが、卑屈になってはいけない。思い上がってはいけない。旅をしている時は腹六分目の食事をすること」。これらがしきりに思い出される。

平成二十五年一月

「ホトトギス」が平成二十五年八月号で創刊千四百号を迎えた。それを記念して十月二十七日、グランドプリンスホテル新高輪に於て祝賀会が開催され、六百人余の方々のご出席を頂き、素晴らしい祝賀会を開催することが出来たことを関係者の皆様に深く感謝申し上げたい。

主宰の私は今後、名誉主宰となり、主宰は稲畑廣太郎が務めさせて頂くこととなった。この事は、私の他にはどなたもご存じなく、当日の私の式辞で発表する迄は一切どなたも聞かされていなかった。廣太郎本人も驚いた程で、ご来賓の方々からのお祝辞も突然の事として大変ご迷惑をおかけしたことをここで深くお詫び申し上げたい。

これは、私一人の胸に育てて来た考えで、これからの若い世代の方々の「ホトトギス」としてしっかり発展していって欲しく、私の元気な間に見届けて置きたい事なのである。誌友の皆様、何卒新主宰稲畑廣太郎と共に、「ホトトギス」を素晴らしい俳誌に育てて行って頂きたい。私の仕事は今までと同じであり、厳しく明るい未来を育てて行く力になりたいと願っている。

平成二十六年一月

ホトトギス創刊壱千四百号記念祝賀会が無事終った。大勢の誌友の方々、様々な俳誌の方々にも来て頂いた。俳壇の総合誌の方々。親しい友人等々、会場に籠もった熱気が立ち込め会は粛々と進行して行った。私は主宰の式辞のために壇上に上った。前夜、言わなければならないことをメモに書いて置いた。まだどなたにも相談していなかったことを言うべくメモをして置いた。そして、私が名誉主宰になり副主宰の稲畑廣太郎を主宰とすることを発表した。どよめきが湧き起こった。誰もご存じなかったので皆さんが驚いたようであり、そのあとすぐに賛同の拍手を頂いた。廣太郎本人も知らなかったので、会場の外でうろうろしていたのか、誰かに促されて会場に入って来たという有様であった。私は元気な間にホトトギスの次の世代、または若い世代の方々によってホトトギスの歴史をしっかり守って行っていかなければならないと、この一年間ずっと考えて来た。虚子が唱えた「花鳥諷詠」の道を理解し踏襲し、「客観写生」の技を磨いて行くことを見極めたい。どうぞ、誌友の皆様「ホトトギス」に温かく厳しいお力をお与え下さい。私も命のある限り努力したいと思っております。

平成二十六年三月

少子化と言われる今、子供たちの教育の場がどの様に変わってきているのかは分からないが、昔の様な上からただ教えるというようなやり方ではなくなっているようである。自主性を重んじ、さらさらと発言する積極性が要求される時代になって来た。

ある会で若い親が子供の教科書に載っている俳句について言った。「昔の教科書に載っている俳句は良かったが、今は訳の分からない現代俳句が載っているのですよ。子供たちがこれらを見てこれが佳い俳句と思ったら情けない」と言う。「虚子の句も載っているが『春風や闘志抱きて丘に立つ』という背景の深い句なので、もっと分かりやすい『咲き満ちてこぼるる花もなかりけり』などが選ばれて欲しかった」とも言っていた。まことに親という立場で、特に有季定型を守っている俳人の立場から見れば、ごもっともな意見であると思う。しかし、よく考えて見れば、俳句の良し悪しは、その俳句の持つ内容が分かりやすいこと、季題が一句の中でよく働いていること、余韻の広がりがあるということ等々、その一句から受けた印象から、子供心にも一句の良し悪しを自分で見て判断しなければならないのだ。最初は難しいだろうが、色々作品を見て行くと、それらは自ずから感じ取り、心惹かれて行くようになるのであるから、訳の分からない俳句を見るのも、佳い作品を見分けるための導入になるのではないであろうか。子供もやがて一句の良し悪しを体得しながら成長していくであろう。

平成二十八年三月

朝日カルチャーで特別講演会をして欲しいと申し出があった。演題に「虚子を語る」という依頼であったのでお引き受けした。もう虚子のことを知っている人も減っているからとのことであった。同じ朝日カルチャーの講師として教室を持っている千原叡子《ちはらえいこ》さんも、出席すると伺ったので、彼女と少し打合せをして二人の共通の虚子を語れば興味を持って聞いて頂けるということになって当日を迎えた。始めは私が虚子と碧梧桐の関係から話を進め、そのうちに虚子が叡子さんに贈った人形の椿子の話に持って行くべく、虚子が叡子さんの父上安積素顔《あづみそがん》さんとの出合いから叡子さんにバトンタッチした。その時、叡子さんが、『椿子物語』は身障者に対する虚子先生のお心です、と言われて、そのことは私も初めて伺う事として感動した。虚子は盲目の俳人緒方句狂《おがたくきょう》、そして叡子さんの父上安積素顔さんへの心を持ち素顔さんの介添えをする少女叡子さんに椿子という人形を贈ったのである。その他、ハンセン病の関係の俳句の選者を虚子も年尾もして来たことにまで話が及んだ。今は私が二十年近く選者をつとめていると話を結んだ。患者であった玉木愛子《たまきあいこ》さんもホトトギスの俳人として投句されていた。ハンセン病も治癒する病となった。俳句は様々な分野で様々な心の糧となっている。

一人でも多くの方々に俳句を知って戴き、親しんで頂ける時代になった。コンピューターなどに拠る時代だからこそ俳句が心の安らぎであるよう願っている。平成二十八年十二月今年は正岡子規生誕百五十年ということで様々なイベントが行われている。その一つに「山会」を取り上げて、横浜の神奈川近代文学館に於てデモンストレーションの一つとして開催された。「俳句」八月号でその全貌が掲載されているが、「ホトトギス」では九月号にそれらの文章が掲載された。「山会」は正岡子規の病床で、写生文を読み上げて、入選した写生文を「ホトトギス」に掲載することになる。子規没後、虚子の許で、年尾の許で、山口青邨《やまぐちせいそん》の許で、いまは稲畑汀子の許で続けられているという長い歴史がある。

私の後は「ホトトギス」主宰の稲畑廣太郎がその任を果してくれる。継続は力であると人は言う。誠にその通りで、今後の「ホトトギス」を読者の皆様で支えて頂きたい。

色々な形で俳句が続けられている。今は結社に属さないで仲良しグループで作るというどうでもよい俳句の楽しみ方があると聞いた。テレビで人気の先生の語り口が面白いので、それも俳句の集まりに繋《つな》がって行く。

人気の先生は、どんな作品を世に示しているのか、見たことはない。人の作品群を動かして、作者の魂を脱しては、その作品は添削した人のものになる。十七文字という短い詩を人手に渡してはならないと私は思っているが、勉強の過程では許される。私が虚子に俳句を書いて見て貰ったとき、○が付くだけであり、その○印が付いたのは何故か、自分で考えて心に納めた。そして、季題の勉強を大事にして来たのである。

平成二十九年十月

此れまで書かせて頂いた「俳句随想」は今回で四百二十五回を数える。その一部はPHP新書『俳句入門　初級から中級へ』によって出版することが出来た。長く書かせていただいた「俳句随想」はホトトギスの指針として主宰の勉強の場でもあった。読んで下さる読者の皆様からのご意見も大変あり難く、参考にさせて頂いた。私も大切な「ホトトギス」の指針を過たないように、勉強し、読者の意見を大切に、時に、書くことに難渋し、時にこれだけはどうしても書かねばならないと、心を熱くして書いたこともある。自由に、書きたいことを書いたので、或いはご迷惑だったこともあったかも知れない。でも、私の心は読者の皆様に理解して頂き、沢山ご意見も頂戴した。私は今はホトトギスの名誉主宰として主宰の廣太郎に全てをまかせ、経営部門も全て任せて安心している立場になった。主宰は大変であるが、一生懸命努力して、経営面も私に心配させない努力をしている。

名誉主宰の稲畑汀子から主宰の廣太郎に、「俳句随想」をバトンタッチしようと思う。平成三十年一月号から、主宰―稲畑廣太郎の「俳句随想」となる。私も勉強して行きたい。

平成二十九年十一月

四百二十六回まで、汀子の「俳句随想」をホトトギスの読者にお届けし、ご意見を頂き、お励ましを頂いて来たこと、どんなに心強く、勉強させて頂いて来たかと感謝の気持で一杯でございます。引続き、主宰稲畑廣太郎が担当し、「ホトトギス」の指針となる「俳句随想」を書かせて頂くことになります。どうぞ読者の皆様、「ホトトギス」のために主宰にお力をお貸し下さいませ。百歳以上の人口が六万人を超えたとニュースが報じて居りました。若い世代の人々に阿《おもね》るのではなく、私たちが学んできた、伝統ある俳句の道、花鳥諷詠、客観写生の道、魅力ある俳句の教えを、伝えて行くための努力を惜しまないホトトギスの進むべき道として行きたいと存じます。

一年間に十一ブロックの地方に於て、勉強会が開催されます。私も出来得る限り出席して共に学んで行きたいと願って居ります。そして、その地の皆様にお目にかかり、俳句を語り、切磋琢磨して参りたいものと願って居ります。

俳句は自然を詠む詩であります。今、地球の自然が壊されて行くのではないかと危惧《きぐ》されていて、これればかりは人間が謙譲の心を取り戻し、地球に対してしなければならないことがあるのではないかと思います。最もその事を感じ、知っているのは、私たち花鳥諷詠の俳句を勉強しているものなのではないでしょうか。自然から何を学び、何をして行かなければならないか、俳句を通して勉強して参りましょう。素晴らしい未来へ向けて！

平成二十九年十二月

4章 俳句を愛するならば

特別インタビュー

汀子 稲畑汀子でございます。

――御年八十八歳、米寿で日本放送協会 放送文化賞を受賞されました。おめでとうございます。今、月にどのぐらいの選句と句会をなさっておられますか？

汀子 ありがとうございます。実は昨年（平成三十年）調子を崩しまして。原稿がたまって、疲れもたまっていたのか、十一月の末、自宅で朝六時ぐらいに調子が悪くなり、救急車を自分で呼んで救急病棟に入りました。俳句総合誌からご依頼いただいた月末締切の新作五十句ができていなかったので、句稿も持って救急車のお世話になったのです。心臓が弱っていたようですね。集中治療室に入りましてたいへんでした。「たこつぼ心筋症」、ご存じ？　たこつぼ（笑）。それでも、五十句の新作をなんとか仕上げて、さあ帰ろうとしたら、看護師さんに「とんでもありません！」って止められて……、結局三週間入院いたしました。今は少し原稿は減りましたけど、句会は昨年と同じくらいさせていただいていますね。ひと月に十一ぐらいあるかな。「朝日俳壇」の選で毎週、芦屋《あしや》と東京を往復しますし、「ホトトギス」の選句も毎月、ほかにも個人的な選句のご依頼や出席しない句会の選句もあわせると、月三万句ぐらいは見ているでしょうか。少しは減っているかもしれない。あんまりたくさんと書くとよく見ていな

高浜虚子（1874～1959）
俳誌「ホトトギス」を通じて「客観写生」「花鳥諷詠」を唱え、多くの名句を残し、数多の俳人を育てる。句集に『虚子句集』『五百句』『五百五十句』『小諸百句』『六百句』『六百五十句』ほか。

いと思われるかもしれませんけど（笑）、しっかり見てますよ。そのほかにも年一回、「ホトトギス」の地域ブロックごとの俳句大会で国内を旅しますし、三瓶山《さんべさん》、吉野山の吟行《ぎんこう》も毎年。ま、俳句人間ですね。苦労じゃなくてね。作るのが楽しい、見るのが楽しい。考えたら変な人間だ（笑）。俳句人間ね。

——八十八年の俳句人生と、高浜虚子《たかはまきょし》先生の思い出をお聞かせください。

汀子 私は虚子の孫として生まれてきました（昭和六年、高浜年尾《としお》・喜美《きみ》の次女として横浜で生まれ、幼少期を鎌倉で過ごす）。それが幸せかどうかは死ぬまでわからないのですけれど、今は、うれしかったと思っています。あだやおろそかにしてはいけない、せっかくこうした環境をもらったのだからしっかり勉強したいと思っていました。ただ時代が変化していくなかで、そのときそのときの環境で違うだろうから、そのときそのときの環境の変化に合わせていこうと、幼いながらに思っていたのです。小さい頃、父（年尾）は、よく怒鳴る、怖い、嫌いって思っていたんですけど、俳句会だけは「いっしょに行きたい子はいないかあ」って必ず言ってくれて、「私が行く！」って姉妹でも私だけが手を挙げました。ずうずうしいの昔から（笑）。この話は書いたわね。

——俳句人生の始まりですね。

汀子　京都清水寺《きよみずでら》でね。小学校四年生ぐらいのとき、俳句会があって、今西一條子《いまにしいちじょうし》さん、小学校の先生をされていた方ですが、「できたかい、どらどら見てあげよう」。〈**清水の塔のきはより桜散る**〉と作りました。「桜散る」を「散る桜」にしたら俳句っぽくなりますよ、と教えていただいて。今見たら「桜散る」でも子供らしくてよかったとも思うけど、俳句的になるということを、一番最初に教えていただいたことを覚えています。そのうち、「教えてくれなくてもいい」なんて思うようなところもあったのですから、いけずな娘。今は意地悪婆さんだ（笑）。十歳くらいだったかな、山中湖に祖父（虚子）の山荘がございまして、そこでの句会で虚子が「できましたか？」と。〈**富士の山青くすそひく夏の空**〉と作りました。「よくできました」と言ってもらった。なんで「よくできました」なのかはわからないけど、はじめて虚子に言われて作った句。今見ても、どう？　うまいねえ（笑）。それから、いーっぱい作りましたよ。

――そして戦争がありましたね。

汀子　昭和十年、私が四歳になったころに鎌倉から父の転勤で芦屋業平《なりひら》町（当時の精道《せいどう》村）に引っ越してきました。父はすぐに会社をやめてしまって俳句一本になったのです。虚子は「猿蓑《さるみの》の会」をしろと父に命じましたそうです。芭蕉《ばしょう》の研究会ですね。そのとき、〈シグレノクジフサンアルヲテハジメニ〉という電報が虚子から届いたのは有名なお話。毎週金曜のその集まりには、奈良鹿郎《ならしかろう》さん、林大馬《はやしだいま》さん、高林蘇城《たかばやしそじょう》さん、皿井《さらい》旭川《きょくせん》さん、阿波野青畝《あわのせいほ》さんなどが集われて、幼い私はお菓子などお運びしていました。俳句のことはわかりませんけど、お菓子のおこぼれがあるから楽しみにしておりました。今その会に参加できたら随分と勉強になったでしょうねえ（笑）。でも、その貴重な電報も空襲で焼けました。最初の業平町から昭和十八年ぐらいに、月若《つきわか》町に引っ越しました。その月若町で空襲にあったのです。私は小学部から小林《おばやし》聖心女子学院に通っています。戦局が厳しくなるにつれ、勉強よりも学徒動員で、部品を作る工場に学校が変身してしまって。ジュラルミンを旋盤加工したり……、髪の毛が機械に巻き込まれた生徒もいて、三つ編みで帽子をかぶらされて飛行機の部品を作らされていたんですから。通学中も警報が鳴れば、列車が止まっちゃうから小林から芦屋までよく線路の上を歩いて帰りましたよ。川を渡る橋が高くに架かっていまして、怖くて、あそこからかなあ、高所恐怖症になったわね。

【編集部註】昭和二十年八月六日未明、御影・芦屋・西宮の市街地は、爆撃機B29の波状攻撃を受けた。午前零時二十五分に先導機が投弾を開始し、第314航空団の百二十五機が御影・芦屋市街を攻撃、続いて第73航空団の百三十機が御影・西宮市街を攻撃した。市中いたるところに火柱が立ち、猛烈な火災が夜空を焦がし、爆発音が果てしなく轟いた。この結果、御影・芦屋・西宮の全市街地の約三〇％を損失。五月以来四回目の空襲により、死者は百三十九名と伝わる。（参考・総務省「国内各都市の被災状況」ほか）

汀子　戦争中は句会ができたりできなかったり。そんな中でも俳句を作って虚子に送っていました。いい句には○がついて返ってくる、その繰り返しです。どんどん戦局が厳しくなって、昭和二十年（汀子十四歳）の八月六日未明の空襲の日を迎えました。B29がぶーんと向こうからきて、焼夷弾《しょういだん》が何本もつまっているのを次々落としていくのです。ばらばらになって、わーっとあちこちに散る。夜中一時ごろ、怖いと思う暇もないのね。そのひとつが父と私の間に、すとんと落ちました。地面にパンとあたって、火花が散って、油がすーとひろがって、わあっと火がついた。家が燃え始めて、父母が必死に消そうとするけれど、ご近所はみんな逃げ始めていまして、私も弟と妹の手を引いて三人で必死に逃げました。二人は裸足で出てきたと思うな。「おかあさーん」と泣き叫ぶなか、「なんで靴はかないのっ！」と私が怒鳴って、防火用水の水を弟妹に途中でかけながら必死で逃げた。警報解除で家に戻ると全部焼けてしまっていて。それでも、幸いに父母と再会できて、「どこいってたのおっ」て。その後しばらくは、一軒だけ焼け残った向かいの家にご近所の方々と避難して……。強くなるわね、私は今怖いものなしです。戦争、あんな悲惨なものないですよ。知り合いにも爆弾の破片がささって死んだ人がいますよ。戦争なんてろくなものじゃない。空襲をまのあたりにして、それまでとは違った感情をもちました。今の時代はないわね、そういう経験は。空襲の後は、但馬《たじま》の和田山《わだやま》俳句会のご縁で、古屋敷香葎《こやしきこうせん》さんのお宅に疎開させてもらいました。焼けた家は、小畑一天《おばたいってん》さん、虚子のお弟子さんですね、一天さんが丹波《たんば》山の材木をくださって、親子の大工さんも紹介してくださって、焼け跡にすぐいちばんに私たちの家が建ったんですよ。二十坪の家。焼けてから一年で建ったのですから、俳句のご縁というのはすごいの。本当にありがたいことでした。

——昭和二十年八月六日というと広島に……。

汀子　同じ日に広島に原爆が落ちました。芦屋と広島が逆になっていたかも……、想像できないでしょ。戦争というのは想像のつかないすごい時代でしょ。だから私は強いの、怖いものがない。〈**その未明わが家も焼けぬ原爆忌**　汀子〉。後日できた句ですけ

昭和15年ごろの汀子きょうだい。
左から、初也、汀子、中子、朋子。

小林聖心女子学院時代の汀子（上列左から二人目）。

ど、この句を見た方から「自分の家が焼けたぐらいで原爆忌なんて言うな」と書かれたことがあるのですけど、私お手紙を書きましたよ、その方に。「ただの火事じゃないんですよ、焼夷弾で燃えたんです。原爆も戦争だけど焼夷弾も戦争ですよ」と書いて、けしからんと怒ったこともある。でもね、当時はそんなに深刻に考えていなかったかも。戦争といっても、空襲の日までは毎日学校に通っていましたからね。不思議な経験があって今でも忘れられない。通学中の列車の橋の欄干に穴があって、その穴から向こうの海の景色を見ながら、なぜか「ああ、この戦争は終わらないだろうなあ」と思った。同じ橋が今も残っているのですけれど、今見ると穴なんてあいていない。でもそのとき「戦争は終わらないんだろうな」って思ったことは覚えています。不思議ねえ。まもなく終戦になるのだけれど。永遠に終わらないだろうっていう絶望を経験するとね、なんにも怖いものない。戦争のことを思い出したら、その絶望感を思えば。だから、あまり戦争を思い出すのは嫌なのよ……。

――ようやく終戦。そのあとはどうされたのですか?

汀子 十一月に寄宿生として小林聖心女子学院にもどりました。弟と妹は疎開先に残って和田山小学校に。〈**四家族十六人の餅《もち》を搗《つ》く** 古屋敷香葎〉という句がありますよ。

その後、聖心の高等学校を卒業して、英語専攻科に進学しました。当時、ツベルクリン反応で結核かどうか調べるという検査がありまして、結核菌に免疫がないとBCGワクチンを接種しなきゃいけない。私は免疫のためにBCGを打ったことで結核になってしまったのです。一年家で寝ていましたから、進級も一年遅れてしまって、同級生のみんなが卒業した年に、私も「卒業」することにしました。私は十八歳。そこから、虚子と年尾の俳句の旅に同行するようになったのです。

——運命の別れ道ですね。

汀子　虚子のもとで俳句を学ぶことになって、若手の勉強会に参加させていただくようになりました。京都大学、東京大学、学習院大学の学生と句会をさせていただいて、虚子の孫ということもあって、自由にやらせていただいていたと思います。〈**避暑の娘に馬よボートよピンポンよ**　汀子〉。なんでも俳句になると思って自由に作っていました。いちばんの修業時代で、若い人同士がお互いに切磋琢磨《せっさたくま》して、限界を感じないで俳句を作りました。年寄りの考える格式のある句ではなかったけど、若いから詠《よ》めるという思いで、みなが俳句に挑んでいました。そのころがいちばん楽しかったかなあ。鹿野山《かのうざん》でこんな句を作りましたよ。〈**山下《くだ》る時間決りて落ち着きし**　汀子〉。この句無季なのに虚子が取りました。「登山」は季題ですけれど、「山下る」は季題でないですね。「山下る」では山の家からおりるとも読めますし、この句は今見ても無季です。季節感が不足している句かもしれない。でも無季だと虚子も気づかなかったと思うんです。「山下る」、今度の歳時記に傍題で入れましょうか（笑）。自由なことをしているのを、虚子も認めていたんでしょう。こんな句も出ましたよ。〈**地震かやお風呂場にゐて裸なり**　嶋田摩耶子《しまだまやこ》〉。お風呂場で裸はあたりまえじゃない？　季題の「裸」と違いますが、これも虚子選に入りました。この当時、自由に俳句を作れたのが私の経験上、たいへん大きかったと思います。虚子の選の幅が、とても広かったのです。

――たくさん句会にお出かけになったのですね。

汀子　京極杞陽《きょうごくきよう》さん、豊岡のお殿様（豊岡藩主家の十四代目）ですけど、この方、関東大震災で被災されて、下敷きから出てきて助かったという方です。学習院出身で、華族でおられてスイスにスキー旅行されるような方。この方がヨーロッパで虚子とたまたま出会ってお弟子さんになられるのです。私が五つぐらいだったかな、昭和十一年、横浜の港で虚子を見送った記憶があるのですけれど、虚子は日本ペンクラブの要請でイギリス・ドイツ・フランスをめぐるのですが、そこで杞陽さんと虚子が出会った。

昭和28年頃の汀子と年尾。宮崎県青島にて。

左から、汀子、星野立子。中央が虚子と坊城中子家族。右端年尾。

〈美しく木の芽の如《ごと》くつつましく　杞陽〉。ヨーロッパでの歓迎句会でこの句を作られたその縁で弟子になられたそうです。そして昭和二十一年にお勤めの宮内省を退職され、虚子の旅にいつも同行されるようになったのです。私が結婚前の二十二、三歳頃だったかなあ、杞陽さんは月若町の句会に毎月お見えになりまして、我が家にお泊りになるんです。その句会は日曜で、月曜は田中秋琴女《たなかしゅうきんじょ》さんの南宗寺の句会に伺うのですが、阪急で芦屋から大阪まで、よく杞陽さんとご一緒しました。大阪駅には、秋琴女の息子さんの田中二郎《たなかじろう》さんが車で迎えにきてくれて。当時は、珍しいでしょう、車なんて。大和川《やまと》にかかる橋がありましてね、ある日、橋の間だけ車を運転させてくださるっておっしゃったことがあって。「汀子さん運転したい？」「したい、したい！」「川を渡るまで運転してみる？」「するする！」って、運転させていただいた。結構広い川でね。橋の道路の中心側が盛り上がっているから、「ハンドルはすこし右へ右へとしなさい」って。後ろの席の杞陽さんが「怖いよ、怖いよ」って。私のはじめての運転、無免許（笑）。

——青春時代ですね。

汀子　今も運転を続けております。私の唯一の趣味で楽しみ。私はカトリックになったでしょう、さっぱりお嫁の貰《もら》い手がなくて。それでも芦屋の教会で主人（稲畑《いなはた》順三《じゅんぞう》）と知り合って、昭和三十一年、二十五歳で結婚しました。主人とは、同い年でお誕生日が一日違い。私が一月八日、主人が九日生まれです。私の誕生日のお祝いの句会に主人も出てくれて、「あんたは、四十ばあさん、わしは三十代の青年」って威張ったことがありましたよ。主人の母が稲畑勝太郎《いなはたかつたろう》の長女で、この勝太郎はフランスに留学し、活動写真とカーキ色の染料を日本に持って帰ったという人です。戦時の軍服はカーキ色ですから儲《もう》かったのでしょう。日仏文化協会を設立し、大阪商工会議所の会頭も務めた財界人で、そこに銅像があるというような方です。京都にものすごい邸宅があって、庭には滝があったり、琵琶湖《びわこ》からひいた疎水で蜆《しじみ》がとれるというような家でしたから、私が嫁いだ主人の家も、車寄せがあるような大きな邸宅でした。結婚した後、虚子が心配して、稲畑の家に挨拶《あいさつ》にきたことがありました。主人の両親は、「学者さんとの関係ができる」ってたいへん喜んでくれまして、紋付袴で迎えてくれたのです。大事にしてくださったのよ。でも、虚子はこの家を見てびっくりしたのでしょうね。それから、虚子は手紙に、「謙譲の心を忘れないように」と必ず書いてきました。何回も何回も書いてきたわねえ。「謙譲の心」、はい忘れません。忘れるもんですか、私が。俳句の家で貧しい生活をしてきたんですから。私が思い上がる人間ですか。貧しい俳人の娘であることを忘れるわけないじゃない。でも家の環境が変わりますしね。心配したのでしょう。「謙譲の心を忘れないように」、今でも肝に銘じています。

――子育てしながら、俳句は続けておられましたか？

汀子 長男、廣太郎《こうたろう》は昭和三十二年生まれ、長女が翌年、二男が三十七年に生まれます。**〈ランドセル咳《せき》込む吾子の背に重く**　汀子〉。子育て俳句を一所懸命作って、虚子に必ず見てもらっていました。自分だけで、というのはひとりよがりの句になるでしょ。俳句で虚子と繋《つな》がっているという安心感もありましたね。昭和三十四年（汀子二十八歳）に虚子が亡くなってからは、「ホトトギス」主宰を継承した父が俳句を見てくれました。昭和四十年、三十四歳で「ホトトギス」の同人になり、各地の句会に呼ばれて選を重ねていきます。主人は俳句は作らないけれど、俳句の旅についてきて、よく写真を撮ってくれていました。子育てと家事をしながら俳句も欠かさない三十代でしたね。昭和五十二年（汀子四十六歳）に父が倒れて、私が父の選を手伝うようになったのです。神奈川の稲田登戸《のぼりと》病院に入院していた父に朝日俳壇の投句を届け、朝日新聞と病院

「ホトトギス」投句の選。

の間を毎週通いました。そのうちに、主人が病気になり大阪の病院に入院したので、芦屋にはほとんど帰らずに、東京と大阪の往復を一年半続けました。「ホトトギス」の選句とふたりの看病が重なり、もうふらふらで、自宅には帰らずに病室のソファでよく寝ておりました。あのときがいちばん疲れたかなあ。昭和五十四年、父・年尾が亡くなり、「ホトトギス」の主宰を、四十八歳の私が継承いたしました。

――たいへんなお忙しさのなかでの主宰継承だったのですね。昭和五十五年に「ホトトギス」は一〇〇〇号を迎えました。

汀子　父を亡くした翌年、一〇〇〇号の年、九月九日に夫が亡くなります。『星月夜』（創元社）という本に、その当時の俳句と心境を残しましたが、「ホトトギス」一〇〇〇号の祝賀会のことも書いております。

『ホトトギス』　一千号

夫を看取る日々とはおよそ掛け離れた華やかな壇上に今挨拶しようと立った私。「稲畑汀子でございます。八十四年という長い歳月に亘《わた》って、毎月休むことなく、ホトトギスは足跡を重ね、この四月号をもって一千号を迎えました。

その栄えあるホトトギスの主宰者としてこの場所に立ち、皆様方に祝福を受け御挨拶申し上げるべきであったのは、今ここに立っている私ではなかった筈《はず》でございます。

昭和二十六年虚子のあとを受け継ぎ、三十年近い歳月をホトトギスを守り育ててきた父年尾であった筈でございます。

今日を待てずこの世を去った父の心を今、私は全身に受けて今日のこの栄光の日を迎え、皆様と共に心よりお祝い申し上げたいと思います。

又祖父虚子のことを、そしてその師正岡子規《まさおかしき》をはじめ多くのホトトギスの今日あるために力を尽された方々のことを思い、今父を失った悲しみの底から立ち上がり、このホトトギスを正しい伝統俳句の場として新しい時代に伝えるべく、その使命をもって私は今、ホトトギスを守り、後進を育てていかなければなりません。これが父の本音であると私は思っております。

今日はこの席に子規、虚子、年尾も、ホトトギス一千号を祝うべく必ず列席しているだろうと私は思っております。

思えば長い歴史の歩みでございます。しかしその貫かれた伝統俳句の進むべき道として、花鳥諷詠《かちょうふうえい》の客観写生の教えを、変らず持ちつづけ、守りつづけてきたホトトギスであります。

今日に至る迄《まで》には色々苦難の道があったと思います。一朝一夕に出来上がった一千号ではない筈です。

新しい主宰者として私はそのことを深く心にとどめ、迷うことなく花鳥諷詠の客観写生の教えを守り、新しい次の世代へ正しく伝統俳句を伝えるべく努力して参りたいと思います。

私が結婚する時、祖父虚子から贈られた贐《はなむけ》の言葉の一つとして謙譲の心を忘れてはならない、とそういう言葉を貰ったのでございますけれども、今後の自分が思い上がることなく、正しい道を見失わないよう、ホトトギス道場で皆様方と共々学んで参りたいと思っております。至らぬ私ではございますけれども、どうぞ皆様方の広い目、温かいお心によって、支え、見守っていって頂くことをお願い申し上げたいと思います。（中略）本当に皆様よくお越し下さいまして有難うございました。」

美しい花束を抱き、拍手を浴びて壇上に立つ私の心の中に、ふと、病と闘っている夫の面影がよぎった。

『星月夜』より

汀子　**〈長き夜の苦しみを解き給ひしや**　汀子〉。夫を看取って、しばらくはふさぎ込んでしまい、選をしてもぼんやりと手が止まり考えごとをしてしまい、俳句を作っても客観的になれず、哀れな句ばかり。こんなことは初めてでした。主人の看病と選句で忙しく父の死を悲しむ余裕もないときでさえ、身の回りや病室の窓の外に句材を求めて俳句を作っていたし、そうすることで慰められてもいたのに……。「どんな時も無理をしないで、身近に季題を見つけて作り続けることが大切です」と虚子に教えられたとおりに生きてきたはずの私でしたが、どんな現実でも、あるがままに受け入れる俳句の心が身についていると錯覚していたのかもしれません。そんな虚ろななか、昭和五十六年一月、九州の出水《いずみ》を訪れました。朝暗いうちから寝床を抜け出し、物音を立てぬように目を凝らして鶴を見ていますと、やがて目覚めた鶴の一羽が舞い立ち、続いて何かに追われるように次の五、六羽が飛び立ち、上空を旋回しはじめました。そしてついに数千羽の鶴の乱舞が空を覆ったのです。そのとき、心の深いところから感動が湧《わ》き上がって、私も鶴とともにはばたきながら空を舞っていました。自然を超えた何かを見ていると感じました。〈**空といふ自由鶴舞ひやまざるは**　汀子〉。そして自由という言葉をかみしめながら、俳句を作りたい！　という心が湧き上がってくるのを止められなくなったのです。その感動をうまく言えないのですが、「客観写生は、決して自然の表面的な姿を写真のように写すことで満足してはならない。深く見れば見るほど、自然は新しい姿を、そしていつかは、その実相を私たちに見せてくれる」（稲畑汀子『女の心だより』海竜社）ということでしょうか。それから、私は自然を通して、もっと神を見たいと願って俳句を作るように心がけています。

――「ホトトギス」の主宰になられて、さまざまな誌面の改革をされたそうですね。

汀子「ホトトギス」は今も続いている日本一古い俳誌でございます。当時は投句も筆で俳句をしたためて封書で送られてくるというような時代でした。雑詠選を始めてからは、誌面の活字が旧字でしたので、すべて新字の新かな遣いの文章にするなど改めて、投稿も専用の投稿用紙を巻末に綴《と》じ込みにいたしました。時代の環境に合わせた近代化により、編集作業や選句の負担が大きく減ったと思います。

――虚子先生や年尾先生から、選について何かご指導がございましたか？

汀子 虚子に、選句について直接何かを言われたことはございません。虚子は年尾には言ったのかもしれないですがわかりません。私が虚子に俳句を送っても、五十句送って一つしか○がつかない厳しい選でした。○がつくか、つかないか、その理由は自分で考えるしかない。自分で考えるということの大切さを、選を通して黙って伝えたのだと、思っています。晩年の虚子は「年尾の選は誰よりも信頼してよい」と、しばしば語っていたそうです。父・年尾は選について『俳句ひとすじに』（新樹社）の中で、「選は愛情を以てしなければならない」「選者というものは、常に作者の立場に立って句を理解し、選をすべきである。そして作者にたいして親切でなければならない」と書いています。でも、私は父に「あまり善意の選をしちゃいかん」と叱《しか》られたことがありますよ。私は、この句もいい、この句もいいと、つい取っちゃうんですけど、人を育てようとしたら厳しさも必要。いくらでも善意に解釈しながら選句はできます。でも、その人に俳句がわかるように持っていってあげるのが選者ですね。俳句会全体のレベルが高かったら厳しく、まだまだだったら優しく、個人的に見ているときはその人のためになるようにね、この人には厳しく、この人には優しく。最近のテレビで赤ペン添削する人気の先生がいますけど、手取り足取りその作者の俳句を逐一いじってしまっては、作者は一人で自分の俳句を作れなくなるのと違いますか。俳句は、やっぱり句会で選に入るか入らないかで自分で身につけるものだと私は思います。ですから、できるだけ直さないように、「の」を「や」にしたらいいな、ぐらいのところは言いますけど。選者に頼りきってしまって直してもらわないと不安という人もいますが、俳句は短い詩ですから、自分で考えて作りたい。ものを見る目を養わなきゃ、ということをよく言うのですけれど、人によって、よく見ている、ぜんぜん見ていない人が俳句でわかる。うまい人は見ることがうまい。そこは、いろいろないい俳句を知ることで理解していくしかないですね。そこへたどりつくためには自分で納得してたどりつくしかない。俳句は、厳しい修業ですが、そこを克服してなるほどと理解できるようになると必ずわかります。私だっていまだに暗中模索の部分もあるんです。人の手が入るとその人の句になるでしょ。自分の句じゃない。虚子もぜったいに添削しなかった。私は主宰になってすぐ、戦後生まれの若い俳人を育てるために「野分会《のわきかい》」という句会を始めました。「ホトトギス」に児童や学生の投稿欄も設けました。俳句は句会や選の結果で学ぶものなのです。

――汀子先生は、「俳句の作り方　十のないないづくし」を提言されていますね。

汀子　はい。今、改めて読みあげてみましょうか。

一、**上手に作ろうとしない。**
　言葉のアヤに振り回されないこと、感動を薄めてしまうからである。

二、**難しい表現をしない。**
　平明に表現することによって、心の奥に秘められた感動がスーッと伝わって来る。平明は平凡ではない。

三、**言いたいことを全部言わない。**
　ギリギリまで省略をすること。

四、季題を重ねない。

一つの季題でその物をしっかり生かすこと。季題を重ねると意味が曖昧になりやすい。特に別の季の重なりは駄目。

五、言葉に酔わない。

独りよがりになる。

六、人真似をしない。

初心者でない人はなるべく真似をしないこと。季題に徹して自然にフッと出た言葉を大事にすること。

七、切字《きれじ》を重ねない。

八、作りっ放しはいけない。

作った後で人に判ってもらえるかどうか、主観的になってはいないかもう一度作品を見直してみる。一度突き放してみること。

九、頭の中で作りあげない。

吟行で目に触れたものと取り組むこと。

十、一面からのみ物を見ない。

物をしっかり見るには、近寄っていろいろな角度から見る。一面からだと一つの観念しか動かない。角度を変えて一句の広がりを求めること。

汀子 甲南中学の生徒に二十年ぐらい教えにいったかなあ。そのときに考えた俳句の基本ですね。今でも自分の戒めにしています。やっぱり基本的なことを知って、句会で学んでほしい。たった十七文字、十七音ですよ。自分で作らないと。

――「ホトトギス」主宰のお仕事に加え、日本伝統俳句協会と虚子記念文学館の設立に尽力されましたね。その以前は、現代俳句協会と俳人協会の二つの大きな俳句団体がございました。

汀子 私が「ホトトギス」を継いで痛切に感じたことは、「ホトトギス」雑詠の俳句のレベルの高さと、これだけ素晴らしい俳句を作る作家が数えきれないほど存在するにもかかわらず、彼等が知る人ぞ知る俳人で、またその環境に甘んじていることでした。これは私の責任ではないだろうかと、思い悩みました。更に私を苦しめ憤慨させたのは、「ホトトギス」の有力な同人で俳人協会に入ることによって著名作家の仲間入りしている人たちが、私に俳人協会に入るように何度も勧めてこられたことでした。私は丁寧にお断り申し上げました。もう一つ、折からの俳句ブームの影響もあって世の中に俳句とも言えない奇妙な俳句が氾濫《はんらん》しはじめたことです。このままでは俳句は亡びるしかない。私たちが伝えてきた伝統俳句の素晴らしさをどうしても世に知らせ、次の世代に伝えていかなければならないと考えていました。

――ＮＨＫの全国俳句大会がスタートしたのが、昭和五十七年でした。

汀子 しかし、そのような大会に選者となるホトトギス作家は皆無に近かったのです。それは行政もＮＨＫも俳句の協会に選者の推薦を依頼するからでした。行政が国民の文化振興のために俳句をとりあげてくださるのは有難いことですが、応募作品の選者に偏りがなく本当によい句が選ばれ、俳句について正しくレクチャーしてくれる講師が存在するという条件が整って初めて言えることです。そう考えると私は今行動を起こさなければ悔いを千載に残す、という思いに駆られずにはいられなかったのです。行政が公平を期して選者や講師の人選を既存の俳句協会に依頼するのは当然です。それならば私たちの協会を作らなければならない。私の決心はこのようにして固まったのでした。私たちは俳句における花鳥諷詠の理念と、その技法としての客観写生を俳句の王道と信じて研鑽《けんさん》を積んでいますけれど、世間には異なる俳句の考え方があることは承知していました。考え方の異なるよい俳句があるかもしれませんね。しかしそれらの作品が同時同列に並べられて論じられなければなりません。私は「ホトトギス」誌に以下のように設立の理由を書いております。

(1)諷詠、客観写生という私達の俳句の主張を俳壇や大衆に向って発信する場が必要である。又、ホトトギス及びホトトギス俳句に対する論難に対しても堂々と反論する場が必要である。

(2)ホトトギスの俳句を大衆の目に触れさせる場が必要である。判断するのはあくまでも大衆であるが、大衆はホトトギスの俳句を目にして始めて他の俳句と比べることができるのである。ホトトギスの俳人も大衆の支持を得て始めて作家として世に出ることができる。

(3)文化庁やＮＨＫテレビ等の公的機関が俳句による文化、教育事業を行う場合、公正でバランスの取れた講師の布陣が必要であるが、その際現代俳句協会、俳人協会に推薦を依頼するのが現実である。その偏りを正すためには二協会に匹敵する受皿が必要である。

汀子 秘かに温めてきた俳句の協会を作る計画を、主だったホトトギスの俳人たちに打ち明けて、「ホトトギス」の長老であられた深川正一郎《ふかがわしょういちろう》さんと山口青邨《やまぐちせいそん》さんに私の覚悟をお伝えしました。このお二人は、父・年尾が遺言のようにしてホトトギスにとって重要な決断を迫られた時は必ずご意見を伺いなさいと言い残したお二人でした。正一郎さんは「とうとう決心してくれましたか。私は待っていたのです」と仰って私の手を取り涙をこぼされました。青邨さんも手を握りながら「あんたは男勝りだね。そうかそうか応援しましょう」と言われました。青邨さんは俳人協会の役員であったことから後に苦しいお立場になり、一時難色を示されたのですが、最後には喜んでくださり、しっかりやりなさいと激励してくださいました。青邨さんにお伝えするのは随分悩みましたよ。俳人協会に入られていた青邨さんを敵に回すのは嫌だなあと思っていました。女だからできたのでしょうね、私は怖いものなしだったから。

――昭和六十二年の日本伝統俳句協会の設立でどのようなことが変わったのでしょうか?

汀子 全国的な俳句大会での選者や講師として多くのホトトギス作家が招かれるように

なりました。大切なのは俳句を愛する一般大衆が恐らくはじめて、現代俳句協会、俳人協会、日本伝統俳句協会の俳句を並べて見る機会を得たことでした。日本伝統俳句協会の俳句とは即ち「ホトトギス」の俳句です。現在では全国俳句大会と銘打った俳句大会がいろいろな機関の主催で数多く行われていますが、それらの多くにホトトギスの俳人が選者として加わり、多くのホトトギス俳人の作品が入選しています。一方では何人かのホトトギス俳人が新聞や総合俳句誌上で花鳥諷詠の論陣を張り健闘しておられます。総合俳句誌に俳句や随筆を請われるホトトギス俳人の数も多くなりました。俳壇の中にも「花鳥諷詠」と虚子の再認識が進んだのではないでしょうか。NHKテレビのレギュラー俳句番組「NHK俳壇」がスタートしたのが平成六年、その最初の四人の選者は、金子《かねこ》兜太《とうた》・鷹羽《たかは》狩行《しゅぎょう》・鈴木《すずき》真砂女《まさじょ》・稲畑汀子でした。真砂女さんも兜太さんも亡くなられて、狩行先生も俳誌「狩」をおやめになりました。今も現役であちこち出かけているのは、私だけね。

――平成十二年、芦屋のご自宅の横に虚子記念文学館を作られ理事長・館長に就任されます。

汀子　開館にあたっては、たくさんの方の御寄付をいただき、虚子の生涯をご紹介する貴重な資料を展示しております。正岡子規の「仰臥漫録《ぎょうがまんろく》」や夏目漱石《なつめそうせき》の「吾輩は猫である」などの貴重な原稿も所蔵展示しております。このたび東京のホトトギス社で保管しておりました虚子の机も、文学館で展示させていただくことになりました。図書館や句会のできるホールなどもあり、どなたでもご利用いただけます。ぜひ一度いらしてくださいませ。

――平成二十五年、ホトトギスは一四〇〇号を迎えられ、長男廣太郎さんへの主宰継承が発表されました。

汀子「ホトトギス」継続のためには、いつまでも私が主宰を続けることはできないと常々考えておりましたが、一四〇〇号の祝賀会の席で、廣太郎にも相談せず、継承の思いを電撃発表いたしました。ホトトギスでの廣太郎の選を見ていて、ある程度力が出てきたかなと判断して。私より人気あるんですよ。私は女、でも「ホトトギス」の主宰は、やっぱり女より男が継がないと。平成二十五年十月に「ホトトギス」主宰を廣太郎に譲り、私は名誉主宰となりました。振り返るといろいろあります。波瀾万丈《はらんばんじょう》でした。でもどんな大きな波があっても、俳句だけは作ってきました。句会だけは、選だけは全力でいたしました。

芦屋の自宅にて。令和元年七月。

自宅の星見台にて。折々の四季の星空を
観察し、俳句に。

運転が大好き。今日も愛車で句会場へ。

――汀子先生にとって、俳句の宝物とはなんでしょうか？

汀子　俳句にとって大切なのは、作者の心と、ものを見る目だと思います。しっかり見ないと俳句はできない。普通の人は誰でもいい加減にものを見ていますが、俳句を作る人はものを見る目を養わなければなりません。俳句を作ることで養わなければなりません。あ、そんなところに気がついたんだな、という発見がほしいの。「こんなこと見つけました」「よく気がついたわね」で、俳句に○がつく。発見がなかったら俳句が古臭くなるでしょう？　俳句は新しい発見ですよ。私の句で恥ずかしいけれど、〈**今日何も彼もなにもかも春らしく**　汀子〉という句がございます。単純な俳句なのですけれど、春らしいことを、「何も彼もなにもかも」というところに発見したことでうまくいったかなと思っております。深く見るようになれば、見えないものが見えてきますよ。俳句だけでなく、生活のなかでも大切なものが見えてくるのです。ですから、たいへんな選のなかでも、深く見て、発見をものにした俳句に出会うと、心をここに置いてくれたかとうれしくなります。優秀な人もすこしぼやっとした人も句会にはいますし、ものを見る目はみんな違うから、誰かがそうした句を作ってくれたら、心がすーっと解れていく。俳句の道は厳しいけれど、よくやったわねとうれしくなります。俳句を愛していますし、俳句をなさっている人を愛しています。自分の発見が俳句で伝わり、皆を驚かせ喜ばせる。そうした繋がりが句会を作っていくのです。八十八歳の今も、若い頃と変わらない興奮と喜びが句会にあるということは、本当に素晴らしいことと感謝しております。自分も「いいな」と思われたいから、これからもいい俳句を作りますよ。

――ありがとうございました。

巻末案内

（二〇一九年九月現在）

合資会社　ホトトギス社

〒一〇一・〇〇六二
東京都千代田区神田駿河台三・七　百瀬ビル四階
電話　〇三・六二七三・七二四二
FAX　〇三・六二七三・七二四三
ホームページ　http://www.hototogisu.co.jp/

俳誌「ホトトギス」は創刊が明治三十（一八九七）年で、百年以上休む事なく刊行され続けられてきた月刊誌です。正岡子規、高濱虚子等によって培われてきた正しい俳句「花鳥諷詠」を、この類を見ない伝統ある小誌で学んでみませんか。真の俳句とは、ベテラン、初心者を問わず、四季を愛でる日本人の心があればどなたでも素晴らしい作品を生み出す事が出来るのです。この機会に是非御購読をお待ち申し上げております。

（「ホトトギス社」ホームページより）

「ホトトギス」令和元年九月号。

公益社団法人日本伝統俳句協会

〒一五一-〇〇七三
東京都渋谷区笹塚二-一八-九 シャンブル笹塚Ⅱ B一〇一
電話　〇三-三四五四-五一九一
ＦＡＸ　〇三-三四五四-五一九二
ホームページ　http://haiku.jp/

公益社団法人日本伝統俳句協会は、有季定型の伝統俳句を継承・普及させ、その精神を深め、文化向上に寄与することを目的としています。そして、その趣旨に賛同する方々によって結成・設立された協会です。昭和六十二年、現会長稲畑汀子のもとに発足し、翌六十三年には社団法人として認可が下り、平成二十四年に公益社団法人に移行しました。

（「日本伝統俳句協会」ホームページより）

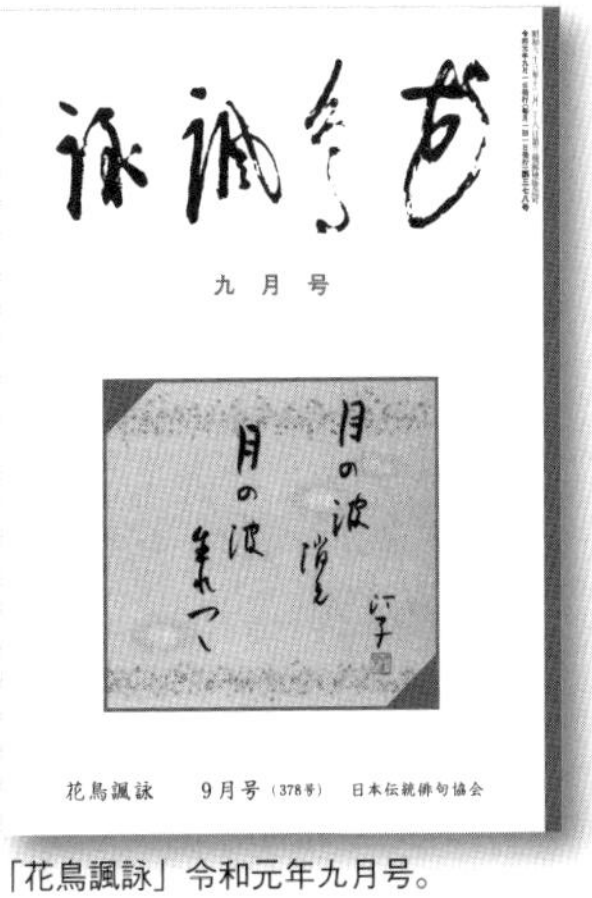

「花鳥諷詠」令和元年九月号。

公益財団法人 虚子記念文学館

〒六五六-〇〇七四
兵庫県芦屋市平田町八-二二
電話　〇七九七-二一-一〇三六
FAX　〇七九七-三一-一三〇六
ホームページ　http://www.kyoshi.or.jp/

虚子の生涯を展示した常設展示室には、「ホトトギス」創刊号をはじめ、虚子の揮毫、書簡や句会稿、「ホトトギス」に掲載された夏目漱石の「吾輩は猫である」原稿、ホトトギス俳人の短冊など、伝統俳句と近代文学の貴重な資料を展示、虚子と俳句に関連した企画展示を年二回開催しています。

俳書を閲覧できる開架式図書室は調べものに便利。

多目的ホールは、句会、講演会で利用できます。

また付近の芦屋川や芦屋公園は吟行にも最適です。

開館時間　午前一〇時～午後五時（入館は午後四時三〇分まで）
休館日　月曜日、祝日・振替休日の翌日、年末年始
入館料　一般五〇〇円／十八歳以下三〇〇円／団体（一般二〇名以上）四〇〇円
各種障がい者手帳をお持ちの方はご提示により二五〇円（ご本人と付添一名まで）

外観。

玄関。

展示室。

中庭。

芦屋公園の震災モニュメント（句碑）。
〈震災に耐へし芦屋の松涼し　汀子〉。

おわりに

まず、この一書をお読みいただきました読者の皆様に感謝の気持ちを捧げたいと思う。長年俳句を作り俳句を選び、私の詩嚢《しのう》は全て俳句によって形作られてきたと思っている。その間、第二次世界大戦、我が家の焼失、終戦、そして、結婚、父と夫の死などの身辺の変化の中で一貫して俳句に関わる人生の道があったことは幸せであったと振り返っている。

ここで生涯の集大成とも言える一著として、NHK出版で書いてきたものや、俳誌「ホトトギス」で書いた「俳句随想」そして、私の俳句への思いなどを一冊に纏《まと》めたものを上梓するという至福の機会をお勧めいただき、その夢の実現にお誘いいただいたことは、こんな幸せなことはないと、関係者に深く感謝申し上げたいと思っている。特にNHK出版の佐藤雅彦さんをはじめとする関係者の皆様の御好意なくしては出来なかったことはよく知っている。感謝の言葉もない。

この著を読み返して、ここまで歩いてきた俳句の道が、如何《いか》に深く、遠いことであったかをあらためて感じ入って、今ここで再び俳句の素晴らしさ、これまで指導してもらった祖父・虚子《きょし》、父・年尾《としお》、俳句の先輩諸氏、仲間たちに深く感謝を捧げ、尚、これからも命ある限り俳句の道を探求し勉強していきたいと思っている。

生涯の一と日一と日の露涼し　汀子

この一冊をお読み下さった、これから俳句へ精進していく方々の参考になることが少しでもあれば、私の喜びはこれに勝るものがない。

ホトトギス名誉主宰　稲畑汀子

稲畑汀子（いなはた・ていこ）

一九三一年、横浜生まれ。祖父・高浜虚子、父・高浜年尾のもとで俳句を学ぶ。一九七九年、父の死去により日本最大の俳句結社「ホトトギス」主宰継承。一九八二年より朝日新聞「朝日俳壇」選者を務める。一九八七年、日本伝統俳句協会を設立、会長に就任。二〇〇〇年、念願の「虚子記念文学館」を開館し、理事長に就任。一九九四年〜一九九六年、NHK教育テレビ「NHK俳壇」講師・選者、二〇〇五年〜二〇〇六年、同「NHK俳句」講師・選者。二〇一三年、「ホトトギス」主宰を息子・稲畑廣太郎氏に引き継ぎ、名誉主宰に就任。二〇一九年、第七十回日本放送協会放送文化賞。句集に『汀子句集』（新樹社）、『汀子第二句集』（永田書房）、『汀子第三句集』（日本伝統俳句協会）、『月』（角川学芸出版）、著書に『虚子百句』（富士見書房）、『NHK俳句　花鳥諷詠、そして未来』（NHK出版）など。

装幀　芦澤泰偉
本文デザイン　児崎雅淑（芦澤泰偉事務所）
挿画　南トトコ／ひらいみも
校正　青木一平
DTP　天龍社
協力　ホトトギス社
日本伝統俳句協会
虚子記念文学館

俳句を愛するならば

二〇一九年 九 月二十日　第一刷発行
二〇一九年十二月三十日　第三刷発行

著者　稲畑汀子

発行者　森永公紀
発行所　NHK出版
〒一五〇-八〇八一　東京都渋谷区宇田川町四一-一
電話　〇五七〇-〇〇二-一四三（編集）
〇五七〇-〇〇〇-三二一（注文）
ホームページ　http://www.nhk-book.co.jp
振替　〇〇一一〇-一-四九七〇一
印刷　大熊整美堂
製本　藤田製本

ISBN 978-4-14-016270-5　C0092